현대신서
200

아이누 민족의 비석
― アイヌの碑 ―

가야노 시게루〔萱野 茂〕

사진 : 나가이 히로시〔長井 博〕외

沈雨晟 옮김

東 文 選

아이누 민족의 비석

萱野 茂
アイヌの碑

© Shigeru Kayano

This edition was published by arrangement with Shigeru Reiko
through Sim Woo Sung

저자. 사랑하는 부인과함께

풍어기원 의식에서의 한 말씀

저자의 아이누 민구 만드는 장면

아이누 민구 만드는 장면

집 안에서의 제사 의식

버짜기하는 저자의 부인

1972년 6월 23일 '니부타니 아이누 문화자료관'이 처음
열릴 때의 안내문 〈北海道 ウタリ(同胞)協會·발행〉

'니부타니 아이누 문화자료관'을 세운 '가야노 시게루' 씨를
일찍이 소개해 준 '마쓰이 쓰네유키〔松井恒幸, 1928년 5월 5일-
1975년 6월 2일〕 씨의 유고본(遺稿本)

아이누 민족의 춤과 노래

아이누 민족의 춤과 노래
시시리무카[沙流川] 아이누 문화제(2007년 2월 18일)

아이누 어린이들의 다 함께 노래를….
시시리무카〔沙流川〕아이누 문화제(2007년 2월 18일)

세상을 떠난 저자 가야노 시게루〔萱野 茂〕씨 댁에서
좌로부터 나가이 에스꼬〔長井悅子〕, 가야노 시로오〔萱野志朗〕,
가야노 레이꼬〔萱野れい子〕, 심우성(沈雨晟), 김미령(金美鈴)

옮긴이 말씀

아이누 민족의 고향이기도 한 홋카이도〔北海道〕 니부타니〔二風谷〕에 '아이누 문화자료관'을 세운 가야노 시게루〔萱野 茂〕씨를 처음 만난 것이 1972년이니 벌써 34년 전의 일이다.

바로 '아이누 문화자료관'을 세운 해이기도 했다. 그후로도 세 번을 '니부타니'에 들러 아이누 민족의 역사와 문화 그리고 따사로운 인심의 이야기로 세월을 보냈었는데, 지난 2005년에 세상을 떠나셨으니 서운하기 그지없다.

고인의 소중한 저서《아이누의 비석〔碑〕》을 우리말로 번역 출간함에 있어 책 이름을 《아이누 민족의 비석》으로 바꿈은 그가 항시 샤모(일본인)들이 '아이누 민족'을 무시하고 돈벌이로만 이용함을 안타까워했던 지난날의 뼈아픔을 생각하며 '민족'이란 두 자를 붙인 것이다.

그가 저 세상으로 가신 2005년 5월 6일은 나도 신병으로 2년의 병원 생활을 한 끝에 겨우 회복되기 시작할 무렵이었으니 슬픈 소식을 듣고도 갈 수가 없었다.

이 책을 번역하면서 또 한 가지 놀라운 것은 지난 1997년 여름이었던가 저자로부터 '아이누어 사전'을 선물받아 소중히 보존하고 있었다는 사실이다. 아마도 당신의 저서를 번역하게 될 것을 미리 예측했던 것은 아닐는지요?

출판을 허락해 주신 저자의 부인 '가야노 레이꼬' 여사, 아드님 '가야노 시로오'(萱野志朗, 현 가야노 시게루 니부타니 아이누 자료관 관장), 그리고 가까이 사시면서 아주 친근한 사이이신 사진가 '나가이 히로시'〔長井 博〕씨, 부인 '나가이 에스꼬'〔長井悅子〕여사의 협조를 잊을 수가 없다.

끝으로 일본어 번역에 매번 도움을 주고 있는 제자 박해순에게 그저 감사할 뿐이다.

어려움을 무릅쓰고 또 한 권을 출간해 주시는 '동문선'의 신성대 사장님, 최동규, 이정민 두 분 수고가 많으셨습니다.

2007년 4월 2일

옮긴이 심 우 성

차 례

옮긴이 말씀 ──────────── 21

나의 니부타니〔二風谷〕 ──────────── 25
코탄〔集落-마을〕의 춘하추동 ──────────── 35
일본인의 노예였던 할아버지 ──────────── 49
강제 이주의 결과 ──────────── 67
오랫동안 결석한 어린이 ──────────── 77
죄인이 된 아버지 ──────────── 91
타관에 돈벌이하러 간 소년 ──────────── 109
동경하던 십장〔親方〕이 되어 ──────────── 131
먼저 죽는 쪽이 행복하다 ──────────── 143
지리 마시호〔知里眞志保〕 선생의 가르침 ──────────── 159
긴다이치 쿄우스케〔金田一京助〕 선생과의 만남 ──────────── 173
아이누 자료관을 만들다 ──────────── 183
아이누 민족으로서 ──────────── 201

맺음말 ──────────── 213
문고판에 붙여서 ──────────── 215
저자 약력 ──────────── 219

나의 니부타니〔二風谷〕

넓고 높은 짙푸른 하늘에 조각구름이 걸쳐 있다. 대지는 온
통 순백의 눈으로 덮여 있는데 사루 강〔沙流川〕 건너편 기슭의
솔숲만이 약간 거무스름하게 보인다.

홋카이도의 이런 겨울 풍경을 처음 본 남국인은 분명 이 대
지에 발을 들여놓으면서 경외감을 느낄 것이다. 왜냐하면 내가
남쪽나라에 갔을 때 온통 초록빛을 뿜어내는 풀을 발로 밟기 망
설인 적이 있기 때문이다.

나는 끝없이 맑고 푸른 하늘, 검은빛을 띠는 건너편 솔숲을
멀리 바라보면서 새하얀 눈을 꾹꾹 밟으며 이웃에 사는 아흔 살
되신 가이자와 투루시노 씨에게 문안을 드리러 가는 길이었다.
투루시노 씨 집 앞에 다다랐는데 현관 오른쪽 위에 후레아유스
니(나무딸기)가지 하나가 꽂혀 있는 것이 눈에 띄었다. 이 후레
아유스니는 감기를 막아 주는 액막이 부적이다. 내가 어렸을 적
에 인근 어느 마을에 감기가 유행한다는 소문이 돌면 우리들 아
이누 집안 사람들은 한 집도 남김없이 새로 지붕을 이은 집의

입구와 창에 이 후레아유스니를 꽂아두었다.

투루시노 씨의 집은 여느 아이누인의 집처럼 추위를 견딜 수 있는 콘크리트 벽돌의 현대풍 건물이다. 그런데도 아흔이 넘은 투루시노 씨는 이미 사라져 버렸다고 생각했던 이 풍습을 아무 스스럼없이 행하고 있다. 후레아유스니 가지 하나를 보는 순간 나의 생각은 40여 년 전 우리집으로 되돌아가 있었다.

1932-33년경 니부타니의 우리집은 아이누 가옥 특유의 참 억새로 이은 지붕에 판자로 울타리를 둘렀다. 벽 대신 판자로 둘러놓은 울타리라 해도 두께 1센티미터의 판자 한 겹을 바깥에서 못을 박아 고정해두었을 뿐이다. 겨울이 가까워지면 어머니와 누나가 풀을 많이 쑤어 신문지 등을 판자벽 안쪽에 발라 틈새로 들어오는 바람과 눈이 들어오지 못하게 방지했다.

시대는 조금 다르지만 1938년 겨울 니부타니를 촬영한 사진이 있다. 촬영한 사람은 이탈리아의 민족학자 포스코 마라이니 씨이다. 그 사진에 실려 있는 나의 집은 모옥(母屋) 외에 음식물 저장 창고는 물론 곳간 하나 없다. 집 밖에 화장실만이 우두커니 있을 뿐이다.

그렇게 가난하고 추운 집이었지만 우리 형제는 건강하게 눈 속을 뛰어다니며 썰매타기에 열중했다. 입은 옷이라곤 고작 가랑이가 갈라진 메리야스 속바지인 여름옷 위에 겨울옷을 겹쳐 입었을 뿐이다.

그런 모습으로 썰매타기에 몰두하며 급한 비탈길을 미끄러져 내려오면 옷이 풀어헤쳐져 바짓가랑이 틈새로 눈이 들어와 고

1939년 니부타니. 가운데 집이 저자의 생가
(포스코 머라이니 씨 촬영)

추에 닿으면 "어어" 하며 숨을 헐떡이기도 했다. 노는 데 정신이 팔려 있는 동안 날이 차츰 추워져 손은 뻣뻣하게 곱고 작은 고추는 더욱 작아져 '범콩'(콩의 일종)만해져 버린다.

이렇게 되어서야 비로소 집 생각이 나 양손을 입에 넣어 녹이거나 호호 불어대면서 단숨에 내달려 돌아간다. 집이 저만치 보이면 갑자기 으앙 하고 울기 시작하는 것이다. 그러면 울음소리를 들으신 어머니가 집에서 나와 옷소매와 엉덩이에 달라붙어 있는 눈을 털어 주셨다. 그리곤 새빨갛게 얼음처럼 얼은 손을 어머니의 젖가슴 사이에 넣어 녹여 주셨다.

그 무렵 우리집에는 1850년에 태어나신 할머니, 아버지와 어머니, 누나, 두 명의 형, 나, 두 명의 동생 모두 합해 아홉 명의 가족이 살았다. 열 평 남짓 되는 집에 이만한 가족이 있었으니 상당히 혼잡했다.

집안에는 너비 약 90센티미터, 길이 약 180센티미터 정도의 **이로리**(방바닥의 일부를 네모나게 잘라내어 재를 깔아 취사용·난방용으로 불을 피우는 장치)가 있고, 윗자리 양쪽 구석에는 지름 10센티미터의 껍질이 붙어 있는 **'홰나무'**가 박혀 있었다. 그것은 조각할 때 깎는 받침대로, 윗자리에 앉으셨던 아버지께서 그 받침대 위에서 여러 가지 생활 도구를 만드셨다.

이 받침대는 몇 년을 사용하여 깎이고 줄어들면 아버지가 이로리에서 꺼내 집 밖에 있는 제단으로 들고 가서 **피**와 담배 등을 올리고 "이것을 선물로 신의 나라로 돌아가십시오"라는 의미의 주문을 외우며 기도를 하셨다. 새로운 조각 받침대는 이 의식을 마친 후에 장만하셨다.

이로리 위에는 불시렁〔火棚〕이 매달려 있었다. 불시렁은 이로리와 같은 정도의 크기로, 이로리의 불씨가 날려 지붕 안쪽이 불붙지 않게 하는 역할과, 또 그 위에 **피**나 **조**의 이삭을 얹어 말리기도 했다.

이 불시렁은 예닐곱 살의 어린아이 머리가 부딪칠 정도의 높이에 있었으므로, 그 무렵 나도 갑자기 일어나다 탁 하고 부딪칠 때가 종종 있었다. 그러면 할머니와 부모님이 웃으며 "키가 커져서 좋겠구나. 불시렁도 똑같이 아프단다. 부딪친 자리를 호오 하고 불어 주면 낫는단다"고 하셨다.

그런 말을 들으면 나는 아픔을 참으며 눈 가득 눈물을 그렁거

리면서 불시렁의 부딪친 자
리에 호오, 호오 하며 입을
대고 불어 주곤 했다.

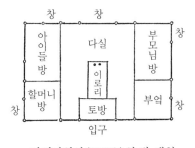

가이자와가〔貝澤家〕의 방 배치

할머니가 앉는 장소도 정
해져 있었다. 아버지 옆자
리에서 입구를 향해 오른쪽
이로리 가장자리의 중간 부
근이다. 할머니가 앉아 있는 앞 이로리에는 카닛, 즉 두 갈래로
갈라진 실감는 막대기가 세워져 있었다. 할머니는 손가락 끝으
로 꼰 실을 카닛에 감으면서 손자들에게 우에페케레(u-e-peker,
아이누의 옛날 이야기)를 들려주셨다. 물론 아이누어로.

할머니는 나를 특별히 귀여워하셔서 "시메루"(할머니는 시게
루란 발음을 못하셨다) 하며 먼저 내 이름을 부르신다. 내 대답
이 들리면 실을 꼬던 손을 움직이며 우에페케레를 천천히 이야
기하기 시작하신다. 옛날 이야기의 종류는 많았는데, 이야기 속
에는 갖가지 생활의 지혜와 인생의 교훈이 담겨 있었다. 살아
있는 나무는 함부로 베지 않는다, 흐르는 물을 더럽혀서는 안
된다, 새나 짐승을 소중히 여기면 반드시 보답해 준다 등등. 특
히 늙은이를 공경하는 어린이는 남이나 신들의 축복을 받아 훌
륭하고 행복한 인간이 된다는 이야기는 몇 번이고 몇 번이고 들
려주셨다.

또한 할머니는 아이누의 옛날 이야기인 우에페케레 외에, 아
이누 신들의 이야기 '카무이 유카레'(kamuy-yukar)도 푸짐하게
들려주셨다. 내가 들은 이야기를 모두 세면 얼마나 될까.

옛날 이야기 속에 나오는 대지——니부타니에서 저 멀리 아득히 보이는 산들, 흐르는 물, 수목, 풀꽃 하나하나에 신들이 깃들어 있고, 그 신들은 신의 나라에서 인간과 똑같은 모습으로 같은 언어로 말을 하고 밤에는 잠자고 낮에는 일어나 일한다는 것이다.

어린 나는 할머니가 말씀해 주시는 그 신들의 이야기를 아무 의심 없이 사실로 받아들였다. 할머니는 1945년 아흔다섯에 돌아가셨는데, 어린 내게 다시 없는 훌륭한 가정교사였다. 내가 지금 아이누어를 유창하게 말할 수 있는 것, 내 민족에 대한 긍지를 이만큼 갖게 된 것은 모두 할머니 덕분이다.

네다섯 살 무렵 5리 정도 떨어진 친척집에 가는 도중 니부타니 공동묘지 밑 케나시파오마나이의 작은 연못에 다다랐을 때의 일이다. 할머니가

"쿠롱용 폰노엔테레(손자야 조금 기다려 주렴)"라 말씀하셨다.

내가 멈춰 서자 할머니는 지팡이를 옆에 놓고 연못가에 앉아 검은 쓰개를 벗고 두 손과 얼굴을 연못물로 깨끗이 씻었다. 내 쪽을 바라보며

"시메루, 너도 씻으렴"라고 하셨다.

나는 말씀대로 손과 얼굴을 씻었다. 그러자 할머니는

"시메루가 자라면 후치(할머니)는 죽겠지. 내가 죽은 후 이 연못을 지날 때면 후치와 함께 얼굴을 씻은 연못이었지 하고 생각해 줘요" 하고 어린 내게 말씀하셨다.

(현재, 케나시파오마나이 연못 주변의 도로는 완전 포장되어 당시의 모습은 전혀 찾아볼 수 없지만, 그로부터 50년이 지난 지금

도 그곳을 지날 때면 꼭 할머니 생각이 난다. 그러니까 육체는 사라져도 손자의 마음속에 늘 살아 있고 싶다던 할머니의 바람은 훌륭하게 이루어졌다고 할 수 있다.)

내가 가난하면서도 마음 풍요롭게 자란 니부타니는, 자세히 말하면 홋카이도 히다카〔日高〕 지청(支廳)이 있는 사루군〔沙流郡〕 비라토리쵸〔平取町〕 니부타니〔二風谷〕란 곳이다. 토마코마이〔苫小牧〕에서 에리모〔襟裳〕곶 쪽을 향해 있는 국철 히다카 본선〔本線〕 토미가와〔富川〕 역에서 국도 237호선으로 20킬로 정도 내륙으로 들어온 지점에 있다.

이곳은 홋카이도에서 가장 눈이 적게 내리는 온난한 지방이다. 부근에 사루 강이 굽이쳐 흐르고 넓은 논도 있다. 예전엔 이 강에서 **'연어'**가 많이 잡혔고, 부근 산에서는 사슴과 산토끼도 많이 잡혔다.

이처럼 온난하고 풍요로운 자연 조건의 혜택을 받은 사루 강 유역에는 오랜 옛날부터 아이누인이 정착하여 아이누 코탄〔集落-마을〕이 여기저기 흩어져 있었다. 나는 사루 강이야말로 아이누인의 문화 발상지라 생각한다. 왜냐하면 〈카무이 유카레〉(kamuy-yukar. 神謠. 신들의 이야기)에 사루 강은 오키쿠르미 카무이(okikurmi kamuy. 오키쿠루미 신)가 살고 있는 땅이라 한다. 오키쿠르미 카무이란 집 짓는 방법, 물고기 잡는 법, 피·조 등 생육의 방법 등 아이누에게 생활 문화를 가르쳐 준 신이다. 이 신이 사는 땅이니 아이누 문화의 발상지인 셈이다.

사루 강 유역에 사는 아이누인들은 오키쿠르미 카무이가 살

앉던 땅에서 태어난 것을 긍지로 여겼다. 그래서 가령 이웃인 이부리나 토카치에 사는 아이누들에게 가서 인사할 때, 먼저

"나는 오키쿠르미 카무이가 천국에서 강림하셔서 우리들 아이누에게 생활 문화를 가르쳐 주신 신의 마을, 그 마을에 살며 생활하고 있는 아무개라는 아이누입니다"라고 이름을 밝힌다.

그러면 상대는 반기듯 한 발짝 앞으로 나와

"아아, 오키쿠르미 카무이가 살고 계시는 마을에서 오신 아무개 씨입니까"라고 말하며 정중하게 맞아준다.

하지만 나는 사루 강 중류에 있는 니부타니 지명의 유래에 대해 최근까지 모르고 있었다. 최근에 알게 된 나가이 히로시〔長井博〕 씨가 보여준 1892년 지도에 니부타니 부근이 '니푸타이'로 적혀 있었다. '니푸타이' 즉 '니타이.' 그것은 아이누어로 숲·산림·밀림이란 뜻이다. 그 지도를 보고 니부타니〔二風谷〕의 어원을 알게 되었다.

니부타니가 숲·밀림이었다는 하나의 증거로 다음과 같은 것이 있다.

니부타니에서 6킬로미터 가량 떨어진 비라토리혼쵸〔平取本町〕에 메밀국수를 파는 후지와라 식당이 있다. 그 식당의 선대〔先代〕 후지와라 칸이치로〔藤原勘一郎〕 씨는 비라토리에 목재상을 하러 들어온 인물이다. 칸이치로 씨는

"많은 곳에서 나무를 베어 보았지만 니부타니의 계수나무가 홋카이도에서 최고야. 그냥 눈대중으로 봐도 7자(약 212센티미터) 나무는 흔했지. 질 좋은 계수나무가 많아 기념삼아 나무를 베어 널빤지로 켠 판으로 큰 밥상을 만들었네"라고 말해 주었다.

너비 112센티미터 되는 한 장의 큰 밥상이 지금까지도 후지와라 식당에 있다.

그 계수나무판 밥상만 보더라도, 뒤에서 서술하겠지만 20년간 산사람(나무꾼 등 산 속에서 일하는 사람)으로 살았던 내게 니부타니의 뒷산이 밀림이었음을 떠올릴 수 있었다. 계수나무 밀림이 우거진 숲 속에는 많은 사슴이 무리지어 다녔다. 아이누가 고기를 필요로 할 때는 언제라도 숲으로 들어가 화살로 원하는 만큼의 사슴을 잡았다……. 때로 사칸케캄(sakankekam)이라는 사슴 육포를 만들어 저장한다. 그 아름다운 계수나무 숲의 산밑을 흐르는 사루 강에는 맑은 물이 흐르고, 가을이 되면 연어가 물을 거슬러 올라왔다……. 아이누들은 자기에게 필요한 만큼의 연어를 잡아 내장을 제거한 후 말리거나 훈제해서 보관한다…….

내가 태어나기 훨씬 전에 니부타니는 이토록 풍요로운 땅이었다.

그러나 에도시대에 샤모(일본인)가 이 땅에 들어오면서 이 풍요로운 대지에서 살고 있던 아이누인들은 어장 노동에 강제 연행되기도 했다. 메이지시대 접어들어 본격적으로 샤모가 침입하여 아이누인이 자연의 섭리에 따르며 지키던 '규율'을 무시하고 멋대로 '법률'을 제정, 밀어붙여 니부타니의 아름다운 숲도 '일본국'의 재벌에게 강제로 수탈당했다. 이렇게 니부타니의 대지도 쓰라리고 아픈 땅이 되어 갔다. 아이누인이 강요당한 이러한 역사에 대해 차근차근 서술해 갈 작정이다.

코탄〔集落-마을〕의 춘하추동

내가 세상 물정을 이해할 무렵이던 1930-31년경 니부타니에 살던 아이누 어린이들의 사계절 놀이는 다음과 같았다.

봄. 언땅에서 제일 먼저 싹이 돋는 것이 마카요(머위의 뿌리줄기에서 나오는 어린 꽃줄기)이다. 마카요 다음이 쿠나우논노〔福壽草〕이다. 이 쿠나우논노는 아주 강한 식물로 아직 대지가 꽁꽁 얼어 있는데 꽃을 피운다. 꽃향기는 좋지 않지만, 색은 너무 아름다운 황금색이다. 아이누는 이 꽃의 색을 행운으로 여겨, 제1급의 보물을 말할 경우 쿠나우페툼와 압스아페코르안 카무이이이코르(복수초 꽃의 물방울 속에서 찾아낸 듯한 신의 보검)라 표현했다. 어른들이 귀하게 여기는 꽃을 아이들은 한웅큼 쥐어 뜯어 나뭇가지로 때리며 놀곤 했다.

이 계절, 4월 상순 무렵에는 아직 서리가 내려 얼음이 얼 경우가 있다. 이 추위를 이용하여 아이스캔디를 만든다. '고로쇠나무,' 고무나무에 붙은 듯한 비스듬한 홈을 파고 나무에서 흘러나오는 유백색의 달콤한 수액 이토페가 똑똑 떨어져 고이도록 말린 '감제풀' 줄기를 통으로 만들어 받쳐둔다. 아침 일찍 가보면 그 통에 고인 니토페가 얼어 있다. 감제풀 통을 반으로 갈라 안에 있는 아이스캔디를 꺼내 핥아먹는 식이었다.

그런데 니토페의 '니'는 나무, 토페는 유액을 뜻하는 아이누어이다. 이 니토페가 나오는 '고로쇠나무'는 아이누어로 토페니라 한다. 고로쇠나무의 수액만이 달콤하다. 이 수액 니토페를 5.4리터 가량 채취하여 불로 졸이면 0.18리터 정도의 엿이 된다. 이 엿을 핥아먹는 것도 봄의 즐거움이었다.

이른봄에 배를 곯았던 아이들의 즐거움 중 하나로 페네에모 (상한 감자의 뜻) 줄기가 있었다. 이것은 지난 가을 수확이 끝난 감자밭으로 가서 수확 때 빠트린 것을 주워 모은다. 한겨울 눈 밑에서 잠을 잔 감자는 한 번 얼었다 봄이 되어 녹아 찌부러진 모습으로 얼굴을 내민다. 이 페네에모는 알뜰히 수확한 밭에는 별로 남아 있는 감자가 없다. 작은 사라닙이라는 봉지에 이삼 십 개 담으면 행운이라고나 할까.

주워온 페네에모는 먼저 깨끗하게 씻는다. 물로 씻은 다음 손가락 끝으로 껍질을 벗긴다. 벗겨낸 페네에모를 절구에 찧은 다음 구워 먹는다. 또 껍질을 벗긴 채 말려두었다가 필요한 때에 물에 풀어 먹는 방법도 있다. 이것은 음식물 보관이 변변치 못했던 시절에 생각해 낸 일종의 보관식이라 해도 좋을 것이다.

샤모(일본인)의 본고장 혼슈〔本州〕에서 온 개척자 중에는 이런 식으로 감자를 먹는 방법을 아이누인에게 배운 사람이 꽤 있다. 일부러 이 페네에모를 만들기 위해 삽에 찧긴 감자나 알이 작은 감자를 밭에 늘어놓거나 광의 지붕 위에 얹어 놓고 얼리는 경우도 있었다.

이 계절의 '**구근류**'(감자·고구마·토란·마 등의 총칭) 하면 푸타에모가 있었다. 푸타에모는 야생풀의 구근으로 작은 고구마 모양처럼 생겼다. 아이들은 뛰어 놀다 배가 고프면 모두 푸타에모를 캔 날 것 그대로 아삭아삭 베어 먹었다. 야생으로 날 것 그대로 먹을 수 있는 맛난 간식이었다.

이 푸타에모 줄기의 표피를 벗기면 연필 굵기의 하얀 심이 나오는데 3센티미터 정도로 잘라 입에 물고 침으로 촉촉하게 녹이면 입 안에서 펑펑 소리가 난다. 아이들은 이 줄기를 스포퐁이라 불렀다.

5월로 접어들면 머위의 어린 꽃줄기도 15센티미터에서 20센티미터 가량 자란다. 그것을 뽑아 뿌리 쪽에서 잽싸게 껍질을 벗겨 오독오독 씹어 먹는다. 조금 쌉쓸한 맛이 나지만 부드럽고 맛있다. 이것을 먹으면 입가가 쓰고 까매진다. 입가에 검댕이 묻어도 너 나 할 것 없이 동무들 모두 입에 묻어 있었으므로 상관없었다.

이 무렵이 되면 사루 강 오른쪽 연안의 밭에서 농경 도구인 브라오로 밭을 갈기 시작한다. 우리들은 브라오 뒤를 따라다니며 풍뎅이 유충(정식 명칭은 불명. 갑충의 유충으로 생각된다)을 줍는다. 이 유충을 미끼로 주낙(延繩, 물고기를 잡는 기구의 하나. 긴 낚싯줄에 여러 개의 낚시를 달아 물 속에 떨어뜨려 두었다가 물린 고기를 잡음)을 설치하여 대형 황어를 잡는다. 주낙은 긴 낚싯줄에 적당한 간격마다 30센티미터 정도의 낚싯줄 끝에 각각 낚시를 달고 풍뎅이 유충을 낚싯밥으로 쓴다. 형들이 설치를 하고 나는 망을 보았다. 잡은 황어는 뼈까지 가늘게 쪼아 국에 넣어 먹는다. 황어는 4월 중순부터 5월에 잡힌다.

6월로 들어서면 참새의 첫번째 새끼가 부화된다. 새끼가 자라 둥지를 떠날 날이 가까워질 무렵 억새 지붕으로 기어올라가 억새 속의 참새둥지에 손을 넣어 따뜻한 둥지 안에서 새끼참새를 꺼내 머리털을 손가락 끝으로 잡고 흔들어대며 내려오면서 말한다.

"에코타누탓카라키키 사포탑카라키키"

(네 마을의 춤을 추렴 네 누이의 춤을 추렴)

참새는 머리털이 잡혀 괴로워하며 날개를 파닥이면서 몸을 빙글빙글 돈다. 어미참새는 새끼를 잡고 장난치는 우리들 주변을 짹, 짹 울어대며 날아다닌다. 그런 장난을 하다 부모님께 들키면 이번엔 우리의 머리카락이 잡혀 손발이 버둥대는 꼴을 당했다.

그러나 아이누의 어린아이들은 참새를 죽이지 않고 둥지에 다시 넣어 준다. 장난이 지나쳐 죽으면 '피'와 '조'를 함께 곁들여 바깥 제단에 올려 놓고 "이것을 선물로 신의 나라로 돌아가십시오"라고 기도했다.

이 무렵(1932-33년) 아이들의 놀이는 샤모(일본인)의 놀이와 별반 다르지 않다. 가령 굴렁쇠 놀이가 있다. 둥근 테는 옛 마차의 바깥 축을 받치던 바퀴나 오래된 자전거 바퀴를 손에 넣어야 한다. 하지만 이러한 바퀴는 바로 구할 수 없는 귀한 것이었다. 특히 자전거 바퀴는 아이들에게 보물 같은 존재였다. 여하튼 그 무렵 니부타니 마을에서 자전거가 있는 집은 니다니 쿠니마츠 씨, 가이자와 마츠오 씨, 가이자와 젠스케 씨, 마츠자키 상점 정도였으니까.

자전거나 마차 바퀴는 쉽사리 구할 수 없었으므로 대개 술통을 조이는 대나무로 만든 고리를 이용하여 걷거나 달리면서 굴렁쇠를 굴리며 다녔다.

그 외에 타카우마〔高馬〕라는 놀이가 있었다. 이것은 죽마(竹馬)를 말하는데, 굵은 대나무가 없는 홋카이도에서는 타카우마라 했다. 키가 커서 높은 말〔高馬〕이라 했구나 하는 생각이 든다. 재료는 목재이며 가까운 산에서 필요한 만큼 쉽게 구할 수 있었다.

여자아이는 공놀이를 했다. 공놀이할 때 노랫가락은,

일렬담판(一列談判) 깨져

러일 전쟁 시작됐다

잽싸게 달아나는 러시아 병사

죽음을 무릅쓰는 일본 병사

5만(五萬)의 병사를 거느리고

여섯 명만 살고 모두 전사한

7월 8일의 전투는

하얼빈까지 진격하여

쿠로파토킨의 목을 벤

도고우 원사〔東鄕元師〕 만만세

이 노래는 당시 일본 전국에서 불려졌으며 우리들도 불렀다.

그 이후 또 다른 공놀이 노래도 있다.

잇센〔一錢〕, 니이가타〔新潟〕, 미가와〔三河〕, 신슈〔信州〕,
고베〔神戸〕, 무사시〔武藏〕, 나고야〔名古屋〕, 하코다테〔函館〕,
큐슈〔九州〕, 도쿄〔東京〕, 교토〔京都〕, 오사카〔大阪〕, 모모야
마〔桃山〕, 나라〔奈良〕, 구경거리 세 곳의 넷

대나무 갈라 던지기라는 놀이도 있었다. 앞에서 서술했듯이
홋카이도에는 굵은 대나무가 자라지 않는다. 그래서 오래된 비
의 자루나 깃대를 길이 25센티미터 가량 잘라 너비 1.5센티미
터에서 2센티미터로 나누고, 끝을 잘게 가른 곳에 손에 찔리지
않도록 말끔히 다듬는다. 다듬은 대 네 개를 한 묶음으로 묶은
다음 꽉 쥐었다가 공중에 던져 한꺼번에 받는 놀이이다. 이 놀
이 때에도 숫자풀이 노래를 부르는데

한 개 던지고, 두 개 던지고, 된장가게 누나는 언제 오려
나……

나머지는 잊어버렸지만, 이렇듯 소박한 놀이를 하며 지냈다.
또 줄넘기와 공기놀이도 자주 했다.
지금까지 서술한 놀이는 아이누 어린이만의 것이 아니다. 하
지만 다음에 소개하는 놀이는 우리 아이누만의 것이었을지도
모른다.
눈이 녹은 봄 연못에서 만들어 노는 팟타리가 있다. 이른바

사슴 덫(계곡 등의 물을 중간쯤 받침점으로 한 대통의 한쪽에 받아서 그쪽이 기울어져 물이 쏟아지면 그 반동으로 다른 한쪽이 떨어지면서 돌이나 쇠붙이를 때려 소리를 내게 하는 장치) 같은 것으로, 감제풀의 속이 빈 줄기를 이용해서 만들며, 못의 물이 들어와 고이면 그 무게로 쉽사리 한쪽 끝이 땅으로 떨어진다.

당시 니부타니 소학교 동쪽에 있는 폰오사스 연못에는 실제로 쓰이는 진짜 팟타리가 열 곳 이상이나 있었다. 피나 조를 이 팟타리로 찧었다.

세이피랏카(조개 왜나막신)라는 놀이도 있다. 이 놀이는 함박조개 껍질에 구멍을 뚫은 다음 약간 굵은 새끼줄을 넣어 펜다. 그 조개껍질 위에 발을 넣어 엄지발가락과 검지발가락에 끼워 왜나막신처럼 신고 뛰어 달리며 논다. 까닥, 까닥하고 말발굽 소리처럼 나서 "말이다, 말이다" 하며 노는 놀이이다.

조개껍질에 구멍을 뚫는 방법은 생 싸리나무를 불에 태워 빨갛게 달구어 그 끝을 조개껍질에 바싹대고 '후우, 후우' 하고 호흡을 불어 몇 번이고 몇 번이고 반복하면 불이 붙어 있는 지점이 하얗게 변한다. 그 자리에 못을 대고 통통 가볍게 두드리면 뻥 하고 구멍이 뚫린다. 이 방식은 어른들이 피와 조 이삭을 잡아뜯어 파피(조개 칼)를 만들 때 쓰는 방법으로 어린이들이 흉내낸 것이었다.

봄이 지나고 여름이 오면 뭐니뭐니 해도 가장 즐거운 놀이는 사루 강에서 하는 통나무 배타기였다. 당시 가이자와 킨지로〔貝澤金次郎〕라는 나룻뱃사공 아저씨가 있었는데, 나보다 나이가 많은 어린이가 있으면 배타기 연습을 시키려고 나룻배를 무조건 빌려 주었다.

킨지로 씨는 강물의 양이 적을 때는 배를 내주었지만, 비가 많이 왔을 때나 비가 억수같이 쏟아져 수량이 급하게 불어날 때는 절대로 빌려 주지 않았다. 특히 그 무렵 가이자와 노부오〔貝澤信男〕라는 소학생이 뜻밖의 일로 익사하는 사고가 있었기 때문에 더욱 빌려 주지 않았다.

그래도 우리들은 배가 타고 싶어 살짝 배를 밀어 띄운 다음 타고 놀았다. 나보다 나이가 많은 아이들은 때마침 깊이가 적당한 곳에 다다르면 수영 못하는 아이를 붙잡아 강에 던져 버린다. 수영을 못하는 아이는 어푸어푸하면서 손발을 버둥거리면서 바로 얕은 여울로 흘러나온다. 이러한 수영 교습법은 제멋대로 배우는 것 같지만 일일이 자상하게 가르치는 것보다 훨씬 빨리 숙달되는 방법이다. 아이누의 어린이는 이런 식으로 배를 젓는 방법, 수영하는 법을 익혔다.

또 여름에는 사루 강에서 송어를 잡았다. 바다에서 거슬러 올라온 송어는 작은 연못으로 올라올 때까지 사루 강 본류(本流)의 깊은 곳에서 산다. 그 송어를 잡기 위해 어른들은 자기 키도 넘는 깊은 곳에 그물을 들고 들어가, 한 사람은 그물의 한쪽 끝을 얕은 여울에 다른 한 사람은 맞은편 깊은 곳으로 수영해 들어가 감아 올리듯 송어를 몰아넣는다.

송어 같이 큰 물고기뿐만 아니라 쳅포스난칼, 즉 작은 물고기를 잡는 것도 즐거움이었다. 먼저 페라아이라는 화살을 마련한다. 화살대는 보통 굵은 참억새를 사용하며, 그 끝에 나무판으로 만든 너비 4,5센티미터되는 뼈인두를 붙인다. 밤이 되면 그 페라아이 화살을 들고 개울로 가서 자작나무 껍질로 만든 햇불로 불을 밝히고 개울 밑에서 위로 물 속을 천천히 걷는다. 잠에 빠져 있던 **'황어' '둑중개'**(sculpin, 주로 북반구에 서식. 길고 끝이 뾰족한 어류로, 넓고 육중한 머리가 특징), **'미꾸라지'** 등의 느린 동작이 햇불의 불빛에 비친다. 그때를 노려 페라아이로 물고기를 여기저기 때려잡는다. 이렇게 잡는 방법은 스네(빛이라는 뜻)라 하며 여름밤의 즐거운 놀이이기도 했다.

니부타니 코탄〔集落-마을〕의 짧은 여름이 지나가고 순식간에 가을이 온다. 가을이 되면 아이누인의 가장 본질적인 솜씨를 발휘하는 자반 연어잡이가 시작된다.

그 옛날 시시리무카(사루 강의 옛 이름)에 얼마나 많은 연어가 거슬러 올라왔는지 지금의 나로서는 상상도 할 수 없다. 할머니가 들려주신 '카무이 유카레'에는 시시리무카로 올라온 연어는 "물의 표면 위를 헤엄치는 연어는 햇볕에 등이 익고, 물밑바닥 주변을 헤엄치는 연어는 돌에 배가 닿을 정도"였으며, 수면을 해일처럼 휘몰아치면서 올라왔다고 표현되어 있다.

내가 철이 들 무렵인 1932-33년경은 이미 그렇게 많은 연어는 올라오지 않았다. 하지만 아이누가 매일 먹고도 남아돌 만큼의 연어는 잡을 수 있었다. 그렇다고 우리는 결코 남아돌 만큼 연어를 잡지 않았다.

물고기 잡는 도구는 그물과 갈고리였다. 그물은 굵은 6호 면사로 만들었으며 너비가 약 135센티미터, 길이 약 273센티미터 크기였다. 그물 양끝에 굵기 약 3센티미터, 길이 약 212센티미터의 막대기를 묶어 두 척의 통나무배에 각각 두 사람이 탄다. 한 사람이 배를 젓고 한 사람은 그물의 막대기를 들고 강 위에서 아래로 두 척의 배를 '八'자형으로 벌려 내려가면서 그물을 던졌다. 연어가 들어오면 두 척의 배를 바싹 잇대어 그물을 거두어들이면 그물은 해먹(hammock, 기둥 사이나 그늘 등에 달아매게 된 침상으로 쓰는 그물 모양의 물건)처럼 되어 연어가 잡힌다. 이 방법은 야시(떠올린다)라 했다. 이것 말고도 여러 가지 잡는 방법이 있었다.

나의 아버지 가이자와 세이타로〔貝澤淸太郎, 1893년 출생, 1956년 사망〕는 연어잡이가 취미였다. 취미라 해도 연어를 잡지 않으면 한 가족이 살아갈 수 없었으므로 필사적이었을지도 모른다.

아버지는 그 해의 연어를 처음 잡으면 도마에 얹어 이로리 안쪽 정면의 가장이 앉는 자리에 올려 놓고 머리는 불 쪽, 배는 왼쪽으로 향하게 놓는다. 아버지는 오른쪽 자리에 앉아 처음 잡은 연어를 향해 정중하게 절을 하고 아이누어로,

"오늘 이 집에 왕림해 주셔서 진심으로 고맙습니다"라고 하셨다.

그런 다음 이로리의 불을 향해 불의 신에게

"올해 들어 오늘 처음으로 연어를 잡았습니다. 부디 기뻐해 주십시오. 이 연어는 우리 인간의 음식일 뿐만 아니라 신들과 함께 먹고, 벌레처럼 작은 내 아이들도 먹는 음식입니다. 아무쪼록 앞으로 많은 연어가 잡히도록 보살펴 주시옵소서"라고 기

도를 하셨다.

기도가 끝나면 그 연어를 크게 토막내어 커다란 솥에 넣고 찐다. 솥으로 들어가는 것에 맞춰 우리 형제를 가까이 사는 할머니들을 모시러 보낸다. 때로는 깊은 밤 1시, 2시의 칠흑 같은 어둠 속으로 심부름 갈 때도 있었다.

"할머니, 우리 아버지가 지금 연어를 잡아와서 삶고 있으니 바로 잡수러 와요."

우리 형제가 그렇게 소리치면서 몇 채의 집을 돌다 집으로 돌아오면 빠른 사람은 이미 집에 와서 이로리 옆에 앉아 있었다. 집안 사람과 이웃 사람이 이로리 곁에 둘러앉아 연어를 다 먹을 즈음에는 이미 동쪽 하늘이 하얗게 밝아올 때도 종종 있었다. 먹기를 끝내고 할머니들이 돌아갈 때 많이 잡힌 경우 아버지는 연어를 한 마리씩 들려주셨고, 별로 잡히지 않은 경우는 한 꼬치 분량 정도라도 들려주며 "당신네 집의 불의 신을 통해 신들에게 나누어 주십시오"라고 아이누어로 말했다.

아버지는 처음 잡은 연어뿐만 아니라 연어잡이에 나가지 않는 할머니들에게 자주 나누어 주었다. 이렇게 말하면 이웃 할머니 정도로 생각하겠지만 꽤 많은 사람들이었다.

그런 까닭에 가난한 집이었지만, 이 연어의 계절은 집안이 활기로 가득 차고 식탁에도 평소 전혀 먹어 보지도 못한 연어알젓도 반찬으로 올라왔다. 그리고 치포르사요(cipor-sayo, 연어·송어의 알젓)라는 죽을 먹을 수도 있었다. 치포로사요란 쌀과 피를 섞어 끓인 다음 연어 알젓을 듬뿍 넣어 만든 죽이다. 살짝 소금맛을 살린 치포르사요의 옅은 붉은 빛이 도는 연어알을 한 알 한 알 젓가락으로 집어 먹는다. 잘 보면 알젓 어느 한 곳에만 희미하게 붉은 기운이 남아 있다. 어린 마음에 왜 전부 빨간색이 아닐까 하고 이상하게 생각하기도 했다.

그리 많이 만들지 않았지만, 연어의 부레에 알젓을 채워 넣어 만든 음식물이 있다. 부레에 넣은 연어알은 마롯케치포로(marotke-ciporo, 산란 직전 물고기의 알젓. 산란 직전 물고기의 알에 소금을 뿌려두었다가 알젓 죽을 끓이거나 연어의 부레에 담아 말린 알젓을 만들어 먹으면 진짜 맛있다), 주로 **'조로리코'**라 하는 산란 직전의 알을 말한다. 마롯케치포로는 줄지어 있지 않고 한 알 한 알이 따로 흩어져 버린다. 그것을 양념하여 부레에 채워 넣은 것이다. 부레에 담은 것을 이로리 위의 불 선반 위에 얹어 말린다. 말린 연어알은 과자 대신 한 알씩 먹었다. 생각해 보면 이것은 아주 고급 간식이었다.

아이누의 옛날 이야기 '우에페케레' 속에, 이 말린 연어알을 아이누인으로 변신한 여우에게 먹였다는 이야기가 있다. 인간은 자주 먹던 것이라 한 알씩 입 안에 넣어 먹는데, 먹어 본 적이 없는 여우는 통째로 한 번에 입 속에 넣는다. 그러면 연어알이 이빨에 달라붙어 마침내 여우의 정체를 드러낸다는 것이다.

이 계절에 많은 연어가 잡히면 쌀과 바꿔 먹을 수도 있어서 우리들에겐 매일매일이 즐겁고 기쁜 나날이었다.

즐거운 가을도 깊어져 11월 중엽이 되면 진눈깨비가 내리다가 어느 틈엔가 눈으로 바뀐다. 진눈깨비가 한 번 내릴 때마다 하루가 다르게 추워져 겨울로 접어든다.

이 계절이 되면 어머니는 근처 들판으로 나가 억새를 베어 모아서 집으로 갖고 온다. 그 억새로 집 둘레에 겨울바람과 눈을 막아 줄 울타리를 만들었다. 울타리 만들기와 겨울맞이를 위한 또 하나의 큰 일이 남아 있다. 그 일은 화장실을 새로 만드는 일이다. 북쪽의 바깥 화장실은 금세 얼어붙어 수북이 쌓이므로 겨울이 되기 전에 깊고 깊은 구덩이를 파서 새로 화장실을 만들어야 한다.

이 일이 끝나갈 무렵이면 북쪽의 본격적인 겨울이 시작된다. 겨울에 우리 아이누 어린이들의 놀이는 앞에서 서술했으므로 여기서 반복하지 않겠다.

이상 서술한 것처럼 나는 소학교 저학년 무렵에는 풍요로운 자연과 가난하지만 마음 따뜻한 사람들 속에서 자라났다.

일본인의 노예였던 할아버지

내 성은 가야노〔萱野〕이지만 가이자와 세이타로〔貝澤淸太郎〕·하츠메 부부의 셋째아들로 1926년 6월 15일에 태어났다. 내 성이 양친과 다른 것은 태어나자마자 아버지의 여동생이 시집간 가야노가〔萱野家〕의 양자가 되었기 때문이다. 그러나 어떤 이유에선지 가야노가에서 데려가지 않아 가이자와 양친 밑에서 자랐다.

여기서는 나의 조상에 대해 다루고자 한다. 부친에게 들은 이야기에 따르면, 나의 조상은 도카치〔十勝, 일본 홋카이도 남동부, 도카치 강 유역에 있음〕 쪽에서 히다카〔日高〕로 와서 시즈나이〔靜內〕와 하에〔波惠〕에 거주했던 것 같다. 시즈나이는 에도시대 마사키번〔松前藩〕의 핍박에 항거하여 아이누인이 봉기했던 샤크샤인(삼쿠스 아이누)의 난이 일어났던 곳이다. 그 히다카로 온 사람들인지 그 자손들인지 확실히 알 수 없지만, 세 명의 형제가 시즈나이를 떠나 따로따로 살게 되었다. 세 사람은 헤어지기에 앞서 도카치에서 사용했던 아이시로시(화살촉에 새겨 넣은 표시)와 다르게 새로운 것을 만들어 내려고 서로 머리를 짰다.

아이시로시는 곰이나 사슴을 잡는 공격용 화살의 독 화살촉에 새겨 넣는 표시를 말한다. 왜 이 표시가 필요한가 하면, 공격용 화살에 맞은 곰은 즉사하는 것이 아니라 화살 독이 서서히 효과를 발휘하는 장치이므로 멀리 떨어진 곳에서 죽는다. 누구의 화살에 맞아 죽었는지 그 곰을 해체해서 나온 화살 표시로 판명하게 된다. 그러므로 이 표시는 꼭 필요했다.

세 명의 형제는 협의한 끝에 히다카의 해안에서 어부 생활도 했으므로 '아시페노카,' 즉 물고기 등지느러미 모양으로 하자고 의견이 일치했다. 등지느러미로 하되 고래라도 잡을 만큼 강인한 범고래(흰줄박이물돼지)의 등지느러미로 하기로 만장일치를 보았다고 한다.

맏형은 한 일자 등지느러미, 둘째는 두 이자 등지느러미, 셋째는 석 삼자 등지느러미로 하기로 각자의 아이시로시를 정했다. 그리고 이 표시를 보게 될 경우 서로 조상이 같음을 확인하고 도와주기로 약속했다고 한다.

세번째의 아이시로시를 지닌 막내 동생이 이곳 시시리무카(사루 강)로 찾아왔다. 그가 우리 집안의 조상이다. 요컨대 우리 집안의 아이시로시는 등지느러미 밑에 석 삼자를 넣은 아시레노카, 범고래의 등지느러미이다.

석 삼자 등지느러미가 그려진 아이시로시를 지닌 젊은이는 어느 날 사루 강을 거슬러 올라가 피파우시(니부타니의 옛날 이름의 하나) 코탄〔集落-마을〕까지 찾아들었다. 마을의 장로는 이 젊은이를 보고 "왠지 장래성이 있어 보이는 사내다"라며, 딸을 시집보내 이 마을에서 정착하게 했다. 이런 이야기는 메노코에 페카 아에하무(아내를 주어 발을 묶어두게 하다)라 하여 그리 희귀한 일이 아니었다.

그 젊은이는 마을 사람들의 기대에 어긋나지 않게 사냥이 아주 뛰어났으며, 게다가 유례가 없는 웅변가이기도 했다.

어느 날 대수롭지 않은 일로 이 파피우시 코탄과 다른 코탄 간에 다툼이 생겨 우코차랑케(ukocaranke, 담판)가 시작되었다. 우코는 '서로,' 차랑케는 '말을 꺼내다' 는 뜻이다. 요컨대 철저히 끝까지 논의하여 분규를 해결하는 아이누인의 관습이다. 아이누인은 분규를 폭력으로 해결하려 하지 않는다.

차랑케에 나갈 사람은 도리에 맞게 말을 잘하는 재능과 며칠간 앉아 토론할 수 있는 체력이 필요하다. 파피우시 코탄의 차랑케 대표로 석 삼자 등지느러미의 아이시로시를 지닌 사내가 선발되었다. 사내는 웅변의 재능과 체력 모두를 겸비했기 때문이었다.

그리고 이 사내는 6일 밤낮을 꼬박 쓰러지지 않고 우코차랑케를 해내 분규를 원만하게 해결하기에 이르렀다. 마을 사람들의 기쁨은 대단했다. 이 사내의 정식 아이누 이름은 알 수 없지만, 이 우코차랑케가 끝난 후 코탄 사람들은 사내를 아와안쿠르(앉아 있는 사람)라 부르며 그 웅변과 체력을 칭송했다.

이 아와안쿠르가 나의 5대조 조상에 해당한다. 나는 아와안쿠르에 대해서는 이 정도밖에 듣지 못했다.

이 아와안쿠르에게는 이니세테(물건을 움켜쥔 손의 뜻)라는 아들이 있었다. 이 이니세테라는 이름이 안세이(安政, 1854-

1860) 연간에 사루 강의 가계를 조사한 마츠우라 타케시로〔松浦武四郎〕《사루이닛시〔左留日誌〕》(1858년)에 기록되어 있다.

"마을 대표자(가야노 츄우 · 촌장), 이니세테 예순 살, 처 이라페카라 쉰한 살, 맏아들 아에토크 스물네 살, 며느리 아쿠사케 스무 살, 남동생 톳카라무 열두 살, 남동생 이코로하시우 열 살, 여동생 이카토신 일곱 살, 남동생 람하레하 다섯 살 등 여덟 명이 살고 있으며, 그 중 맏아들 부부와 남동생 톳카라무는 삯꾼(삯을 받고 임시로 일하는 사람)으로 잡아들이다."

이것은 《사루이닛시》의 피파우시 코탄에 대한 항목에서 발췌한 대목이다. 이 가운데 '맏아들 부부와 남동생 톳카라무는 삯꾼으로 잡아들이다' 는 기록에 나오는 톳카라무가 나의 할아버지이다. '삯꾼으로 잡아들이다' 란 말은 뒤에서 다루기로 한다.

톳카라무의 톳은 '자라다,' 카는 '그것,' 라무는 '생각하다'의 뜻으로 '잘 자라기를' 이라는 바람이 담겨 있는 이름이다. 톳카라무가 태어난 해는 1847년 1월 18일이다. 사망은 1919년 12월 20일로 내가 태어나기 전에 돌아가셨으므로, 할아버지에 대해 직접적으로 아는 것이 아무것도 없다.

나의 할머니가 할아버지 톳카라무에 대해 "이테키 에오이랍네나(이 이야기는 잊지 말아라)"라 하시면서 들려주신 이야기가 있다. 그것은 앞에서 인용한 마츠우라 타케시로의 일기에 있는 '삯꾼으로 잡아들이다' 에 관한 이야기이다.

톳카라무는 마을 사람들의 덕망도 두텁고 웅변적인 촌장이신 부친 이니세티, 인자하신 모친 이라페카라의 둘째아들로 태어나 형 한 명, 남동생 두 명, 여동생 한 명의 형제와 더불어 풍요로운 자연 환경 속에서 쑥쑥 자라났다. 하지만 이 무렵 아이누인 부모들은 아이들이 자라는 것이 슬픔이기도 했다. 왜냐하면 아이가 조금 자라면 해변에 와 있던 샤모(일본인)가 그 아이를 강제로 일꾼으로 데려갔기 때문이다.

에도시대 홋카이도는 가키자키[蠣崎] 씨(나중에 마츠마에 씨)의 번(藩) 체제하에 있었다. 마츠마에번[松前藩]의 영지에는 쌀이 나지 않았으므로 가신에게 녹봉으로 주던 쌀 대신 토지를 주었다. 그 토지를 '바쇼[場所]'라 하며, '바쇼'를 받은 지교우(知行, 한(藩)에서 무사들에게 주었던 토지)의 주인들은 그 '바쇼'의 경영을 상인들에게 도급으로 주었다. '바쇼'는 어장(漁場)이나 해산물 산지였다. 그 바쇼의 하청업자들이 노동력으로 쓰기 위해 강제로 아이누인을 징용했던 것이다. 보수는 너무도 적어 샤모의 7분의 1에서 5분의 1 정도였다고 한다. 이곳에서 아이누인은 완전한 노예였다.

당시 니부타니의 아이누인이 노예로 잡혀간 '바쇼'는 앗케시[厚岸]였다. 앗케시는 쿠시로[釧路] 시와 네무로[根室]의 중간에서 약간 네무로 쪽에 가까운데, 니부타니에서 88리, 350킬로미터가 더 되는 곳이었다. 도로가 발달하기까지 최단거리로 293킬로미터나 된다. 당시 이 앗케시 바쇼는 도토[道東]의 거점이었는데 노동력은 오직 아이누인이었다. 그 고장의 앗케시 아이누인은 강제 노동으로 사망하여 줄어들었으므로 사루와 유부츠[勇拂]의 아이누인을 징용한 것이다.

촌장 이니세티가 염려했던 일이 닥쳤다. 어느 날 "투탐우카에

오테 사파하타팟쿠르 로시키로시키 페코로오카시삼우타라엣히네 아포호우탈 툴루스이(허리에 칼 두 자루를 찬 채 떡 버티고서서 머리에 까마귀가 앉아 있는 듯한 모습을 한 일본인들이 와서 마을 사람과 자식들을 〈앗케시〉로 데리고 간다)"라고 말한 것이다. 그때까지 앗케시로 끌려가서 혹사당한 채 죽고 다시 돌아온 사람이 없었으므로, 이니세티는 통역 아이누인을 통해 그 불법적인 제의를 거절했다.

그러자 일본인 무사들은 칼자루에 손을 대며 당장이라도 칼을 뺄 듯한 모습으로 그곳으로 가지 않으면 마을 사람을 모두 죽이겠다고 위협했다. 이니세티는 눈물을 흘리면서 그것을 받아들였고 장남 아에토크와 며느리 둘을 데려가라고 했다. 하지만 무사는 아직 나이 어린 톳카라무까지 데려가겠다고 했다.

이니세티는 고작 열두 살인데다 몸집이 작은 아이를 데려다 거치적거리기만 할 뿐이라며 톳카라무는 남겨 달라고 무사에게 부탁했다. 그러나 무사는 어려도 연어 한 개 정도는 짊어질 수 있다며 이니세티의 애원을 거절했다. 그렇게 톳카라무도 앗케시로 끌려가게 된 것이다.

가기로 결정되자 무사는 바로 그날 출발한다고 했다. 이튿날이나 다음다음 날 출발하면 그 사이에 아이누인이 산으로 도망가 버린 경험이 자주 있었기 때문이다. 그래서 '아이누인 사냥꾼' 샤모는 마을 사람이 잠든 틈을 타서 갑자기 코탄〔集落-마을〕에 나타났던 것 같다.

앞에서 인용한 마츠우라 타케시로의 《사루이닛시》에 따르면, 1858년 니부타니와 피파우시, 칸칸의 코탄〔集落-마을〕 모두 합해 26채, 마을 사람의 수는 백열여섯 명이다. 그 가운데 남녀를 불문하고 절반 가까운 마흔세 명이 '삯꾼'으로 강제 징용을 당했다. 특히 나의 할아버지 톳카라무가 최연소인 열두 살이다.

여기서 《사루이닛시》에 기재된 니부타니에 관한 구절을 다음에 인용한다. 약간 길게 인용했지만 당시 강제 징용의 모습을 잘 알 수 있다.

니부타니, 혼니프타니, 인가(人家) 니후타니 마을에 있는 27채의 집 가운데 9채에 들어가다. 집주인 카시테쿠시 노파 마흔일곱 살, 큰아들 우카리쿠시 열여덟 살, 둘째아들 아리캇테 열세 살, 셋째 토테케우리 열두 살, 여동생 치페크 열 살, 시누이 하르토시카 서른두 살, 딸 히라시테안 일곱 살 등의 식구 일곱 명, 그중 큰아들과 둘째아들 두 명을 삯꾼으로 잡아들이다. 또 다른 이웃,

집주인 하케안릴 마흔여덟 살, 처 우테오사누 마흔여덟 살, 큰아들 우라헨카 열세 살, 둘째아들 에케쿠시테 아홉 살, 딸 시무쿠시테 일곱 살, 셋째아들 우에카산 다섯 살, 양자 카프토쿠파 열 살 등 식구 일곱 명이 거주. 그 가운데 집주인과 맏아들을 삯꾼으로 잡아들임. 또 다른 이웃,

집주인 하르토키 모친 예순일곱 살, 맏아들 하시크 서른여덟 살, 며느리 사라유 스물일곱 살, 맏아들의 아들 세 살 등 식구 네 명이 거주. 그중 집주인을 삯꾼으로 잡아들임. 또 다른 이웃,

집주인 타라유시 노파 일흔네 살, 양녀 우사마테 서른아홉

살, 양아들 인타크노아 열아홉 살 등 식구 세 명이 거주, 그 중 양자 인타크노아를 삯꾼으로 잡아들임. 또 다른 이웃,

집주인 시리마우시옹 예순네 살, 맏아들 이토유마누 서른일곱 살, 며느리 칸루슈유 스물여덟 살, 손자 아시크니하 네살, 딸 한 명 세 살 등 식구 다섯 명이 거주, 그 중 맏아들을 삯꾼으로 잡아들임. 또 다른 이웃,

집주인 토우시로 마흔다섯 살, 처 야유토헤 마흔네 살, 둘이서 살고 있다. 그 집주인 삯꾼으로 잡아들임. 또 다른 이웃,

집주인 호소로 마흔다섯 살, 맏아들 토시로크 스물여덟살, 며느리 시유타레로 스물다섯 살, 첫째딸 모케안테 스물다섯 살, 둘째딸 시누톤 스물네 살, 하유메키 열여덟 살, 하유부시카르 열 살 등 식구 일곱 명이 거주, 그 중 맏아들 부부와 딸 세 명을 삯꾼으로 잡아들여 집에는 어머니와 막내딸만 남음. 또 다른 이웃,

집주인 렌카프아이노 마흔여섯 살, 처 카토레누 마흔여덟살, 맏아들 마우에챠시누 열세 살 등 식구 세 명이 살고 있다. 그 중 집주인을 삯꾼으로 잡아들임. 모두 남은 자에게 바늘과 실을 남겨 놓고 나온다.

피파우시 이곳 인가(人家) 15채 있음

마을 대표자 이니세테 예순 살, 처 이라페카라 쉰한 살, 맏아들 아에토크 스물네 살, 며느리 아쿠사케 스무 살, 둘째아들 톳카라무 열두 살(주·가야노 시게루의 할아버지), 셋째아들 이코로하시우 열 살, 여동생 이카토신 일곱 살, 넷째아들

람하레하 다섯 살 등 식구 여덟 명이 거주, 그 중 맏아들 부부와 둘째아들을 삯꾼으로 잡아들임. 또 다른 이웃,

집주인 뭇코란 노파 쉰두 살, 딸 아시리카우시 서른한 살, 맏아들 에타마카우 다섯 살, 남동생 한 명 두 살, 아시리카우시의 남동생 톤라무크 스물세 살, 며느리 우유아시 스물한 살 등 식구 여섯 명이 거주, 그중 톤라무크 부부를 삯꾼으로 잡아들임. 또 다른 이웃,

집주인 이쿠르카산 마흔두 살, 처 타네하레 스물일곱 살, 맏아들 토레카아이노 아홉 살, 딸 아타노 여덟 살 등 식구 네 명이 거주, 그 중 집주인을 삯꾼으로 잡아들임. 또 다른 이웃,

집주인 에사하아이노 쉰아홉 살, 처 테케아요 마흔여덟 살, 맏아들 카타우크 스물아홉 살, 며느리 아카레 스물일곱 살, 둘째아들 리키하우리 열여덟 살, 딸 치루소 열한 살 등 식구 다섯 명이 거주, 그 중 맏아들 부부와 남동생 세 명을 삯꾼으로 잡아들여 집에는 늙은 부부와 막내딸이 남음. 또 다른 이웃,

집주인 이몬니쿠 쉰한 살, 처 아레리산케 스물여섯 살, 맏아들 두 살로 식구 세 명에 집주인을 삯꾼으로 잡아들여 집에는 처와 아이만 남음. 또 다른 이웃,

집주인 이토메산 쉰다섯 살, 처 레안케 마흔여섯 살, 맏아들 로레타크 서른네 살, 며느리 테카레 스물여섯 살, 맏손주 한 명 네 살 등 식구 다섯 명이 거주, 그 중 맏아들을 삯꾼으로 잡아들임. 또 다른 이웃,

집주인 산쿠라누 쉰두 살, 처 코유사무레 마흔일곱 살, 딸 아유카라헤 스물일곱 살, 맏손주 한 명 다섯 살, 동생 한 명

두 살, 둘째딸 시유토랑 열아홉 살, 아들 카리와우쿠 열네 살, 셋째딸 호시우시 열한 살, 넷째딸 한 명 여덟 살(여기에 할머니 데캇테의 이름은 기록되어 있지 않지만 할머니의 오빠와 언니의 이름을 보면 딸 한 명 여덟 살인 것은 데캇테임에 틀림없다고 생각한다) 등 식구 아홉 명이 거주, 그 중 둘째딸과 아들을 삯꾼으로 잡아들임. 또 다른 이웃,

집주인 헤치란케 쉰여덟 살, 처 이마탄 쉰두 살, 맏아들 후사우리 스물일곱 살 등 식구 세 명이 거주. 그 중 맏아들을 삯꾼으로 잡아들임. 또 다른 이웃,

집주인 치니우캇테 노파 마흔네 살, 맏아들 이유쿠테안 열다섯 살, 첫째딸 우라톳카 여덟 살, 둘째딸 한 명 세 살로 식구 네 명이 거주, 맏아들을 삯꾼으로 잡아들임. 집에는 모친혼자 아이들을 양육. 또 다른 이웃,

집주인 산레카 쉰 살, 처 사히란카 마흔일곱 살, 맏아들 이라무쿠테 스물세 살 등 식구 세 명이 거주. 맏아들을 삯꾼으로 잡아들임. 또 다른 이웃,

집주인 아시리칸나 예순 살, 처 호우아시 쉰네 살로 식구두 명이 거주. 또 다른 이웃,

집주인 이쿠산쿠르옹 쉰일곱 살, 맏아들 타사레키 스물두 살, 딸 윤테 열여섯 살, 식구 세 명이 거주. 남매 모두를 삯꾼으로 잡아들여 집에 부친 혼자 남음. 또 다른 이웃,

집주인 사하카토 쉰여덟 살, 처 시웃라, 맏아들 안라사레 스물세 살, 며느리 코누안 열아홉 살, 둘째아들 시케우리 열다섯 살 등 식구 다섯 명이 거주, 그 중 맏아들 부부와 둘째를

삯꾼으로 잡아들임. 또 다른 이웃,

집주인 야에칸타나 마흔네 살, 동생 아레크호리 마흔한 살, 여동생 케케레 열일곱 살 등 식구 세 명이 거주. 남동생과 여동생을 삯꾼으로 잡아들임. 또 다른 이웃,

집주인 카니몬테 마흔한 살, 처 사로쿠테 스물다섯 살, 맏아들 유노토크 일곱 살, 딸 한 명 네 살 등 식구 네 명이 거주. 그 중 집주인을 삯꾼으로 잡아들임.

이 조사는 마을 대표자 이니세테와 시리마우시, 카시테쿠시 노파 세 명이 신고함.

칸칸 이곳에 인가(人家) 3채 있음

집주인 시유토시마우리 쉰다섯 살, 처 시아시타 마흔여섯 살, 사위 이카시유쿠 스물일곱 살, 처 우요레마레 스물일곱 살, 맏손주 한 명 다섯 살, 둘째아들 한 명 두 살, 첫째아들 사라카우리 스무 살, 둘째아들 이누카우리 열여섯 살, 식구 여덟 명이 거주. 그 중 사위와 첫째, 둘째아들 세 명 삯꾼으로 잡아들임. 또 다른 이웃,

집주인 이마우라리 마흔여덟 살, 처 아에눈케 마흔일곱 살 등 식구 두 명 거주. 고기잡이철이 되면 부부 모두 삯꾼으로 잡아들임. 또 다른 이웃,

집주인 이라우시테 마흔 살, 처 우테키운케 서른일곱 살, 맏아들 카네하쿠테 일곱 살, 둘째아들 한 명 다섯 살 등 식구 네 명이 거주하는데 집주인을 삯꾼으로 잡아들였다.

(이 자료는 아직 발간되지 않은 것으로 문부성이 보관하고 있는 것을 야마다 히데조〔山田秀三〕 선생을 통해 제공받았다.)

조금 길게 인용한 것은, 당시 니부타니 '아이누의 비석'이라고나 할까 진혼(鎭魂)의 의미가 담겨 있기 때문이다. 또 마츠우라 타케시로가 마츠마에번〔松前藩〕과 바쇼 도급자의 폭정과 학대에 분노하며 몇 번이나 건의하여 폐지의 계기를 마련한 사람이었음도 이 자리에서 분명히 해두고 싶기 때문이다.

그런데 이니세테 등의 마을 사람은 앗케시로 끌려가게 된 남편, 아내와 자식들과 울며 이별을 아파했다. 그래도 마을 사람은 오래 입어 낡은 사슴가죽 옷과 약간의 갈아입을 옷, 길을 가던 도중 노숙할 때 사용할 깔개용 토마(부들로 엮은 돗자리) 등을 가져가게 했다.

마을에 남은 가족들이 들려 준 것을 짊어진 채 걸어서 앗케시로 향했다. 니부타니에서 앗케시까지 350킬로미터가 넘는 거리를 묵묵히 걸었다. 필요해서 가는 것이 아니라 칼로 위협당해 어쩔 수 없이 가는 여행길이었다. 얼마나 괴롭고 긴 여정이었을까. 하루 30킬로미터를 걷는다 해도 12,3일은 걸렸을 것으로 생각된다.

가까스로 앗케시 작업장에 닿았으나 아이누인들이 숙박할 건물은 없었다. 잘 곳은 스스로 만들라는 식이다. 어쩔 수 없이 아이누인은 짊어지고 온 부들로 짠 **돗자리** 토마 등을 사용하며 어떻게든 잘 곳을 마련했다. 나중에 갈대나 조릿대를 베어와 오두막을 지어 비와 서리를 피하면서 매일 괴로운 노동에 시달려야 했다.

톳카라무는 앗케시에 도착하는 그날부터 니부타니의 집으로 돌아가고 싶어했지만 뜻대로 되지 않았다. 게다가 걸어서 10일도 넘게 걸리는 먼 니부타니로 열두 살 어린아이 혼자 돌아가기엔 불가능한 일이었다.

아이누인들은 아직 동트기 전 별이 반짝이는 이른 새벽녘부터 어둠이 내려 발 밑조차 보이지 않는 늦은 밤까지 일해야 했다. 나이 어린 톳카라무는 고기잡이 일을 못했으므로 일본인 인부의 십장·회계보는 사람(아이누인은 회계보는 일을 폰캄피[작은 종이] 혹은 포로캄피[큰 종이]라 불렀다)의 취사 도우미 일을 시켰다. 톳카라무는 주로 연료로 쓸 땔감 모으기와 물긷는 일을 했다. 하지만 그 일도 나이 어린 톳카라무에게는 중노동으로 매일 울면서 해야 했다.

그러던 어느 날 톳카라무는 타시로(나뭇꾼이 쓰는 손도끼)로 요리할 생선을 자르면서 문득 생각했다. 이토록 괴로운 생활을 하며 가을까지, 아니 눈내릴 때까지 일하기보다 손가락을 잘라 빨리 돌아가자. 손가락을 자르기로 결심하기는 했지만, 고통을 생각하니 쉽사리 실행하지 못하고 며칠이 지났다.

시간이 지남에 따라 일은 더욱 힘들어졌다. 집에 돌아가고 싶다는 마음 하나로 힘든 일을 견뎌내지 못하고 톳카라무는 어느 날 아침 실행에 옮기기로 했다. 새벽에 일찍 일어나 오른손에 취사용 손도끼를 들고 왼손 검지손가락을 도마 위에 올려 놓았다. 손도끼를 들어올리기는 했지만 손이 떨려 차마 본인의 손가락을 자를 수가 없었다. 그날 아침은 그렇게 포기할 수밖에 없

할아버지와 할머니. 할아버지의 왼쪽 검지가 없다

었다고 한다.

다음날 아침에는 이것저것 생각하지 않고 손도끼를 든 손이 떨리기 전에 눈을 감고 자포자기하는 심정으로 내리쳤다.

적당히 조금 자를 작정이었지만 눈을 감고 내리쳤으므로 목표가 빗나가 너무도 깊이 손가락 죽지부터 잘린 작은 손가락이 피웅 하고 날아가 버렸다. 고통은 각오했지만 너무도 고통스러워 자기도 모르게 눈물이 솟았다. 울면서 '아아, 이토록 큰 상처가 났으니 이젠 나의 집으로 돌려보내겠지' 하고 생각했던 것 같다.

울음소리를 듣고 인부의 십장이 달려왔다. 하지만 십장이 하는 말을 듣고 더욱 커다란 소리로 울음이 터졌다. 십장의 말은 "그깟 손가락 한 개쯤이야. 소금을 뿌려두고 2,3일 지나면 낫는다"고 했다.

틀림없이 집으로 돌아갈 수 있으리라 생각했는데, 그런 예상이 빗나가 실망감에 사로잡힌 톳카라무는 상처의 통증이 더욱 심해졌다고 한다.

소금을 뿌렸는지 어쨌는지는 알 수 없지만, 손가락의 상처는 생각보다 빨리 나아 톳카라무는 낙담하게 되었다. 사라져 버린 검지손가락의 흔적을 매일 보며 혼자 슬픔에 빠져 있었다. 그러던 어느 날 또 다른 생각이 톳카라무에게 떠올랐다.

매일 물릴 정도로 잡아올리는 물고기 속에 복어가 많이 섞여 있었다. 그 복어를 남몰래 모아 담즙을 짜서 자기 몸에 발랐던 것이다. 그렇게 몇 번을 반복하니 몸의 피부가 거무스름한 노란색으로 변해 요즘 말하는 황달 증상같이 보였다.

그런 톳카라무를 본 십장은 나쁜 병에 걸렸다고 생각하며 집으로 돌려보내라고 했던 것이다. 톳카라무는 날아오를 듯이 기뻤지만 전혀 내색하지 않고 십장의 말을 가만히 듣고 있었다고 한다.

그후 톳카라무는 혼자 돌아왔는지 누군가 어른이 데려다주었는지 듣지 못했지만, 여하튼 그리운 니부타니로 돌아왔다. 복어의 담즙을 몸에 바르기는 했지만, 왼손의 검지손가락 죽지가 잘려나가고 없는 채로 귀성했다. 이니세테, 이라페카라 부모의 기쁨과 한탄은 얼마나 컸을까.

(나의 할아버지 톳카라무가 1911년에 촬영한 사진 〈왼손〉에 검지손가락이 없는 것이 확실하게 찍혀 있다. 할아버지는 70여 년의 생애를 사셨는데, 나이 열두 살부터 60년간 잘려나간 손가락으로 얼마나 불편하게 살았을지 생각하면 이 앗케시행이 남긴 보상치고는 너무도 컸다고 생각한다.)

톳카라무의 처가 된 사람, 즉 나의 할머니 '데캇테'도 마츠우라 타케시로의 《사루이닛시》에 나와 있다.

'데캇테'는 데(손) 앗테(늘어나다)로 '움직이는 손이 늘어나다'는 의미이다. 이 할머니도 강제 징용으로 앗케시에 끌려간 적이 있다. 할머니가 내게 해주신 이야기에 따르면, 그때 힘들었던 노동은 말할 것도 없고 앗케시로 갈 때 경험한 공포를 잊지 못하겠다고 한다.

걸어서 앗케시로 가던 도중 어느 날 산에서 노숙을 했다. 그런데 노숙하던 근처에서 무엇인지 알 수 없는 커다란 동물이 부루루루루, 부루루루루루 하는 소리를 냈다고 한다. 할머니 같은 여자들 외에 남자와 아이들도 있었는데, 어느 누구도 그런 소리를 들은 적이 없었으므로 무슨 동물인지 몰랐다. 함께 데리고 간 개가 짖으니 그 개를 쫓는 동물의 발소리가 너무 크고 확실했지만, 곰 발자국 소리도 사슴 소리도 아니었다.

할머니와 함께 간 일행들은 어둠 속에서 들려오는 부루루루 하는 동물의 소리에 겁을 먹어 무서움에 떨며 밤새 꼼짝도 못하고 신들의 이름을 부르며 도움을 청했다고 한다.

밤을 하얗게 밝기고 소리가 난 쪽으로 쭈뼛쭈뼛 가보니 그곳에는 소도 사슴도 아닌 발이 길고 머리인지 얼굴이 긴 동물이 있었다. 말이었다. 사루 강 주변에 살던 아이누인은 그때까지 말을 본 적이 없었으므로 코를 부루루루루 하고 우는 말소리나 콧소리에 한 숨도 자지 못했다고 한다.

할머니는 이 이야기를 하실 때 "처음에는 너무도 무서웠다고"고 말하시다가 끝에 가서는 "지금은 희귀한 것도 아닌 말 덕분에 다음날 아침까지 살아나갈 수 없다고 생각했다"고 웃으면서 이야기를 들려주었다.

(1972년 8월 22일 비라토리쵸의 나베자와 네부키 씨에게 녹음하러 갔을 때, 네부키 씨의 모친이 나의 할머니 데캇테와 함께 앗케시에 갔었다고 했다.)

그건 그렇고 이 강제 노동 현장의 여건은 너무 참혹했다. 마츠우라 타케시로의 《킨세이 에조 진부츠시〔近世蝦夷人物誌〕》에는, 하루 한 공기의 밥 혹은 남은 밥으로 끓인 죽만 주고 일을 시켰으며, 서른 살 정도면 병이 들고 어린이는 굶주림과 추위로 죽어나가는 실정 등이 묘사되어 있다. 앞에서 서술한 것처럼 그 보수도 병아리 눈물 정도이거나, 때로 한 푼도 받지 못하고 돌아갔다.

아이누인의 집에 지금도 남아 있는 칠기그릇은 그때 받은 노동의 보수와 일본인과의 교역으로 생긴 것이다. 이러한 칠기그릇은 누가 어떤 식으로 들여왔는지 잘 알 수 없다. 하지만 1930년경에 돌아가신 가이자와 시라페노 씨가 죽을 때까지 소중하게 갖고 있던 받침대 달린 잔은, 그가 젊었을 때 앗케시에 가서 1년간 일하고 보수로 받은 것이라 한다(이 잔은 내가 양도받아 지금까지도 니부타니 아이누 문화자료관 안에 소중히 보관하고 있다).

강제 이주의 결과

앞에서 서술한 것과 같은 아이누인의 고통의 시절은 에도시대〔江戸時代〕가 끝나고 메이지〔明治〕·다이쇼〔大正〕 시대로 들어오면서 다른 형태로 이어졌다. 슬픈 이야기는 얼마든지 있지만 여기서는 다음 한 가지만 이야기하기로 한다.

사루 강은 니부타니 상류 니오이〔荷負〕에서 둘로 갈라진다. 왼쪽이 사루 강 본류, 오른쪽이 누카비라 강〔額平川〕이라 한다. 그 누카비라 강을 상류로 거슬러 올라가면 누키베츠〔貫氣別〕가 나온다. 이 누키베츠에서 누카비라 강은 두 갈래로 나뉘어 왼쪽이 누카비라 강 본류, 오른쪽이 누키베츠 강이다. 그 누키베츠 강 상류로 더욱 올라가면 땅의 융기로 강 연안에 생긴 계단식 단구(段丘)가 이어져 있다. 제일 안쪽의 단구가 카미누키베츠〔上貫氣別〕이다.

카미누키베츠〔上貫氣別〕는 사루 강 하구에서 대략 48킬로미터 정도 떨어져 있으며, 산 속 깊은 곳이므로 고도도 꽤 높고 비라토리혼쵸와 니부타니에 비해 봄이 늦게 찾아오고 가을도 서리가 2주 가량 빨리 내린다. 토지는 습기가 많은 메마른 땅이라 농경에 적합하지 않다. 게다가 강의 수량이 적으므로 연어도 여기까지 올라오지 않는다. 그래도 이곳에는 아이누인이 거주하고 있다. 자연 조건이 척박한 그런 장소에 왜 아이누인이 살고 있을까.

메이지시대(1868-1912)가 되면 일본 본토에서 많은 샤모(일본인)들이 홋카이도로 건너와서 농경에 적합한 토지를 물색했다. 히다카〔日高〕 지방에서는 니이카츠부〔新冠〕 강과 시즈나이〔靜內〕 강을 노렸다. 이 두 강은 많은 연어가 거슬러 올라오는 좋은 강이며 주위 산에는 사슴도 많이 있다. 게다가 기후가 온난하여 인간이 살기에 더없이 좋은 땅이다. 그러므로 이 두 강의 유역에는 사루 강 유역과 마찬가지로 아이누 코탄〔集落-마을〕이 여기저기 흩어져 있고 많은 아이누인이 살고 있었다.

그런데 이 땅에 찾아온 샤모의 실력자들은 메이지시대에 이곳을 일본 천황가의 황실 목장용지로 만들어 버렸다. 황실 목장으로 정해지자 옛날부터 그곳에 살고 있던 선주민인 아이누가 '방해'가 되었다. 샤모 관리인은 아이누인을 다른 곳으로 이주시키기로 계획하여 사루 강 상류의 산 속에 있는 카미누키베츠로 이주처를 정했다. 어떤 수를 썼는가 하면 니오이에서 카미누키베츠까지 마차 철도를 달리게 하여 아주 편리한 곳처럼 보이게 만들었다.

니이카츠부에서 카미누키베츠까지는 산을 넘어 아츠가 강의 상류 연안으로 가면 걸어서 하루거리인데, 기후나 토지는 앞서 서술한 것처럼 천양지차였다.

조상 대대로 살아오던 풍요로운 땅에서 다른 척박한 땅으로 옮기라고 하니 아이누인들은 납득할 수 없었다. 이의 신청도 해 본 것 같지만 강력한 힘을 지닌 샤모에게 저항할 수 없었다.

샤모는 저항하는 아이누인을 위협하여 마치 발로 걷어차듯이 니이카츠부로 쫓아냈다. 약간의 이전비가 지급되었지만 푼돈이라 아무런 도움이 되지 못했다고 한다. 《비라토리쵸시〔平取町 史〕》에 따르면, 카미누키베츠 소학교의 개교는 1916년으로 되어 있다. 이 소학교의 연혁을 보면 마을이 통째로 이주해 온 것을 알 수 있다.

카미누키베츠 소학교〔上貫氣別小學校, 旭小學校〕는 1902년 4월 니이카츠부 마을에서 아네사루〔姉去〕 간이교육소로 개설. 1909년 4월 5학년이 개설되고 동년 7월에 재봉과가 동시에 개설된다. 이듬해 1910년 4월 진죠우〔尋常〕 소학교가 된다. 그리고 1916년 3월 카미누키베츠에 새로운 교사(校舍) 낙성. 같은 해 4월 개교식 거행…….

이 점에서 니이카츠부와 주변 아이누인의 강제 이주가 최종적으로 완료된 것은 1916년 전후인 것 같다.

현재 카미누키베츠에는 어렸을 적에 니이카츠부에서 이주해 와서 지금도 건강하게 살고 있는 할아버지가 계신다. 후치세 사이치로〔淵瀨佐一郎〕 씨 일흔 두 살이다. 아마 다섯 살 무렵 후치세 씨는 니이카츠부에서 말의 짐안장 옆에 달린 신토코 안에 실려서 왔다고 한다. 신토코란 일본 본토에서 만든 칠기그릇으로 큰 것에는 어린아이가 너끈히 들어갔다.

함께 온 가족은 조부모, 양친, 사이치로 씨 형제 여섯 명을 합해 모두 열 명이었다. 카미누키베츠에 도착하니 앞으로 그들 가족이 살 땅이라고 말한 곳은 어른이 양손으로 안아도 손이 닿지 않을 만큼 굵은 아카다모나무로 가득 했다고 한다. 당시 이 아카다모는 아무짝에도 쓸모없는 나무였다. 팔려 해도 사는 사람이 없고 톱으로 잘라 넘어뜨리기에는 초보자에게 너무 굵어 어떻게 해볼 수 없는 애물단지였다.

사이치로 씨 부모님은 이 굵은 나무와 나무 사이에서 약간의 공간을 찾아내 그곳에 문에우카오맙(풀로 만든 오두막)을 짓고 비와 이슬을 피하면서 개간을 시작했다.

제일 먼저 행한 것은 그 아카다모의 굵은 나무 밑둥에 큰불을 지펴 며칠간 태워 넘어뜨리는 일이었다. 매일매일 여기저기에서 '말 한 마리를 통째로 구울 수 있을 듯한' 불을 지펴 나무를 태웠다. 그렇게 개간한 토지를 밭으로 일구어 한 해 두 해 넓혀 조와 피를 수확하게 되었다.

하지만 수확도 변변찮아 가족의 먹거리조차 되지 않는 중노동이었으므로 먼저 할아버지가 병들고 잇따라 아버지, 어머니, 형제도 병이 들어 버렸다. 당시 폐결핵은 사형선고나 마찬가지였다. 멀리 32킬로미터나 떨어져 있는 비라토리 병원을 오가며 치료했다. 말을 탈 때도 있었지만 걸어갈 때가 많았다. 환자의 걸음으로 병원을 다녀오기에는 너무도 무리였다.

치료한 보람도 없이 할아버지, 아버지, 어머니, 형제와 일꾼이 잇따라 죽고, 남아 있는 어른이라곤 전혀 앞이 보이지 않는 할머니뿐이었다. 그때부터 사이치로 소년의 뼈에 사무치도록 고통스러운 생활이 시작되었다.

니이카부츠에서 쫓겨온 인근 사람들의 운명도 비슷한 처지였다. 지금처럼 저소득층에 생활비를 보조해 주는 제도도 없던 시절에, 생활이 힘들면 진짜 살기 어려웠는데 변변찮은 먹거리도 없이 영양실조로 굶어죽듯이 잇따라 병들어 죽어갔다. 사이치로 씨 일가를 도와줄 만한 이웃집도 전혀 없었다.

엄동설한의 겨울은 약간 비축해둔 피와 조, 광에 넣어둔 감자로 목숨을 연명했지만, 봄이 되어 들풀이 자라도 사이치로 소년은 어떤 풀이 식용인지 독초인지 분간하지 못했다. 그래서 여러 가지 풀을 뜯어와 앞이 보이지 않는 할머니에게 건네주었다. 할머니는 그 풀을 하나하나 만져보고, 향기를 맡아가며 먹을 수 있는 풀과 먹지 못하는 풀을 골라내어 가르쳐 주었다.

먹을 수 있다고 가르쳐 준 풀을 많이 뜯어오면 할머니는 다시 한번 조심스럽게 만져본 다음 삶아도 좋다고 말해 주었다.

할머니는 보이지 않는 눈을 깜박거리면서 풀잎을 하나하나 만져보고, 하나라도 다른 풀이 섞여 있으면 마치 눈이 보이기라도 하는 것처럼 손가락 끝으로 능란하게 골라냈다. 먹는 풀 쪽에는 전혀 다른 풀이 들어가지 않았다고 한다.

들풀 외에도 사이치로 소년을 시켜서 개울에 가서 둑중개나 미꾸라지와 가재를 잡아오게 하여 끓이거나 구워 먹었다.

이처럼 봄부터 여름에 걸쳐 할머니가 시키는 대로 종자용 피, 조, 감자는 따로 보관해두고 산나물과 잡어(雜魚)를 주식으로 먹었다. 쌀 한 톨도 먹지 못하는 날이 몇날 며칠이고 계속되었다고 한다.

(사이치로 씨는 그때 할머니가 없었다면 자기 형제들은 굶어죽었을 것이라며 눈 가득 눈물을 글썽이며 술회했다.)

사이치로 씨와 마찬가지로 니이카츠부에서 카미누키베츠로 강제 이주당한 시카토 요시 씨도 쓰라린 경험을 했다.

요시 씨는 남편과 둘이 카미누키베츠에서 왔는데, 아이를 낳자마자 바로 남편이 병들었기 때문에 혼자 일했다. 어느 날 운수 사납게 오두막에 불이 나서 집이 완전히 타버려 어린아이의 기저귀 하나 남지 않았다. 그래서 머위의 잎을 불에 쬐어 부드럽게 만든 것을 기저귀 대신 썼다고 한다.

(사이치로 씨도 요시 씨도 니이카츠부에 있었으면 가족이 죽지 않았을 것이고 물론 아무런 생활고도 겪지 않았을 것이다. 샤모들은 너무도 터무니없는 일을 우리에게 강요했다며 깊은 한숨을 내쉬었다. 지금 카미누키베츠에 거주하고 있는 아이누인의 집은 두세 채가 된다. 죽었거나 달아나 뿔뿔이 흩어져 버렸다.)

여기서 나의 할아버지 톳카라무의 이야기로 되돌아간다. 이 이야기도 할머니 데캇테에게 들은 것이다.

할아버지는 목소리가 아주 컸으므로 주변 사람들이 '하웨 루이 에카시(목소리 큰 할아버지)라는 별명으로 불렀다고 하지만 웅변가라고 할 정도는 아니었던 것 같다. 하지만 비교적 사냥을 잘해 곰과 사슴을 자주 잡아왔는데 화살을 아주 잘 만들었다. 할아버지는 쇠화살촉 하나를 갖고 있는 것이 큰 자랑거리였다. 사냥할 때면 반드시 그 쇠화살촉의 화살을 갖지만 좀체 화살통에서 꺼내지 않고 화살통의 수호신으로 여겼다고 한다.

어느 날 곰을 사냥하러 산에 간 할아버지는 갓 돌 지난 새끼곰을 데리고 있는 어미곰을 만나 먼저 어미곰을 화살을 쏘아 잡았다. 그런데 새끼곰은 근처의 분비나무 위로 올라가 내려오지 않았다. 갓 돌 지난 새끼곰이라 해도 체중이 75킬로그램 정도 되고, 탐스럽게 털이 나 있었으므로 꽤나 커 보였다. 그 곰이 높은 분비나무 꼭대기 부근의 나뭇가지가 없는 곳에 매달려 빙글빙글 돌고 있었다. 그 높이는 대나무로 만든 화살로 맞히기에는 조금 먼 거리였다.

그래서 할아버지는 남아 있던 쇠화살촉이 달린 화살을 꺼내 잘 겨냥해서 새끼곰을 쏘았다. 화살은 훌륭하게 적중하여 곰의 몸을 빠져나가 분비나무에 꽂혀 버렸다. 화살에 맞은 새끼곰은 땅에 떨어졌지만, 목숨처럼 소중히 여기던 쇠화살촉이 너무도 높은 나뭇가지에 비스듬하게 꽂힌 채 떨어지지 않았다.

할아버지는 너무 놀라 잡은 두 마리의 곰은 내버려두고 보물인 쇠화살촉을 뽑아내기 위해 분비나무에 올라갔다. 한 손은 가지를 부여잡고 다른 한 손으로 마키리(단도)를 움켜쥐고 긴 시간만에 겨우 쇠화살촉을 뽑아내서 돌아왔다고 한다. 1870년대 무렵은 화살촉 하나쯤이야 하고 무시하기에는 철제 도구를 손에 넣기 어려운 시대이기도 했을 것이다.

할머니 데캇테는 사냥 이야기를 할 때면, 어렸을 적 친구들과 산에 놀러갔다가 짐승을 잡으려고 설치해 놓은 활을 맞고 기절했던 이야기를 들려주셨다. 덤불이 우거진 들판의 외길을 앞서서 걸어가고 있는데 할머니의 오른쪽에서 활이 '피웅' 하고 사방으로 날아가는 소리가 들렸다. 할머니의 허벅지 뒤로 독화살이 꽂히는 듯한 느낌이 들며 쓰러져 기절해 버렸다.

때마침 이 화살에는 사나운 곰도 죽일 만큼 강력한 독이 묻어 있었다. 그 소리만으로도 마음 약한 사람은 기절할 지경이었다. 자기 몸에 맞았다고 생각한 할머니가 기절한 것도 무리가 아니다.

얼마나 지났는지, 친구가 데캇테, 데캇테하고 부르는 소리에 정신이 들었다. 몸을 여기저기 살펴보니 독화살은 할머니가 입고 있던 사슴가죽 옷 뒤로 허벅지 부분에 꼬치처럼 박혀 있었지만, 다행스럽게도 할머니의 몸을 살짝 긁은 정도였다.

이 화살장치는 솜씨 좋은 사람이 설치하면 절대로 사람이 맞지 않는다. 왜냐하면 이 화살은 하나의 실에 곰이나 사슴 다리가 걸릴 경우에만 화살이 발사되도록 되어 있는데, 이 실이 30센티미터 정도 늘어나면, 가령 보통 걸음걸이로 걷고 있는 사람의 발이 걸려도 발사된 화살은 사람의 몸 뒤로 날아가 몸체에 꽂히지 않는다.

(할머니는 설치해둔 활이 튕겨 화살이 옷 뒤에 꽂혔을 때와 앗케시로 가던 도중 노숙을 하다가 말의 콧소리를 처음 들었을 때가 평생에 가장 무서웠다고 하셨다.)

본론에서 벗어나지만, 화살에 맞은 할머니의 사슴가죽 옷에 대해 이야기하자.

사슴가죽 옷 하면 지금 사람은 아주 값비싼 옷으로 생각할 것이다. 그런데 할머니가 어렸을 적에는 아이누인들이 평상복으로 입었다. 목면 옷도 구하기 힘든 시절이라서 사슴가죽 옷이라 해도 옷자락까지 있는 긴 옷이 아니라, 무릎을 살짝 가릴 정도로 짧고 섶이 없는 앞이 풀어헤쳐진 듯한 옷이었다.

이 사슴가죽 옷은 다음과 같이 만들었다. 먼저 잡은 사슴가죽을 벗긴 다음 가죽을 화장실 안에 텀벙 담궈 둔다. 1주일 정도 지나 꺼내 산기슭에 들고 가서 못에서 물을 길어와 발로 밟고 또 밟아가며 몇 번이고 몇 번이고 씻어낸다. 강으로 들고 가서 흐르는 강물에 씻으면 좋겠지만, 아이누는 더러운 오물을 흘러가는 물에 담가 직접 씻는 일은 절대로 하지 않는다. 몇 번이고 씻으면 사슴가죽의 털이 완전히 빠지고 지금 사람들이 안경을 닦을 때 쓰는 것처럼 부드러운 사슴가죽, 무두질(모피를 칼로 훑어서 털과 기름을 뽑고 가죽을 부드럽게 다루는 일)하여 부드럽게 만든 가죽이 된다. 그 가죽으로 옷을 만들어 입는다. 생각해 보면 역시 상당히 값비싼 의상이라 할 수 있다.

화제를 바꾸어, 여기서 아이누의 이름에 대해 이야기하고자 한다. 지금은 우리 아이누인의 이름이 보통 일본인과 구별되지 않지만, 옛날에는 확실하게 아이누인의 이름임을 알 수 있었다.

나의 할아버지 이름은 톳카라무, 할머니는 데캇테이다. 물론 애초부터 성은 없다. 1872년 전후가 되어 일본인이 '호적'을 만들어 할아버지의 성은 '가이자와〔貝澤〕'로 불려졌다. 눈치챈 분들도 많이 있겠지만, 니부타니에는 '가이자와' 성을 가진 사람이 많이 있다. 하지만 이 가이자와 성을 가진 사람들이 모두 혈연 관계로 맺어졌는가 하면 그렇지 않은 사람이 훨씬 많다.

여기에는 이유가 있다. 이 지방에 1868년 호적을 만들기 위해 성을 붙이러 온 관리인이 애주가라 일을 하지 않고 숙소에서 술만 마셨다. 그러다 시간이 흘러 마감할 날이 임박하자 관리인은 서둘러 마을 사람들의 성을 붙여야 했다.

"흐음, 글쎄. 이곳은 피라웃울(비라토니) 마을인가. 그렇다면 이곳 아이누의 이름은 '히라무라〔平村〕'라 붙이자. 그 다음이 니부타니〔二風谷〕, 그렇다면 '니다니〔二谷〕'다. 저 맞은편 마을은 피파우시라고 했지. 피파가 무엇이지. 글쎄, 조개라는 뜻일까. 우시는 무엇인고? 그러면 있다는 의미가 아닐까. 그러면 '가이자와'라 붙이자."

대충 이런 식이었다고 한다. 그래서 이 비라토리쵸〔平取町〕의 사루 강 부근에서 살던 아이누에게는 '히라무라' '니다니' '가이자와'라는 성을 가진 사람이 많아지게 되었다. 혈연과는 아무런 관계가 없다.

다시 본론으로 되돌아가면, 조부모님의 이름은 톳카라무, 데캇테라고 가타카나〔片仮名〕와 히라가나〔平仮名〕로 씌어져 있다. 이것도 메이지시대 초기에 호적을 만들 때 샤모의 관리인은 이름만으로 남자인지 여자인지 구별하지 못했다. 그래서 편의상 남자의 이름은 가타카나로, 여자의 이름은 히라가나로 표기했던 것이다.

(나로서는 그렇게 표기한 것이 별로 유쾌하지 않지만, 호적에 등록되어 있으므로 여기서는 그 표기에 따랐다.)

오랫동안 결석한 어린이

앞장에서 서술했듯이 슬픈 역사를 간직한 우리 아이누인들이지만 어렸을 적에 나는 그런 역사를 모르고 살았다.

나는 1933년 4월 니부타니 소학교에 가까스로 입학했다. 가까스로라고 표현한 것은 당시 내가 양자로 보내진 고모가 시집간 가야노가〔萱野家〕가 키타미〔北見〕의 비호로쵸〔美幌町〕로 갔기 때문에 나의 입학 자격이 니부타니 소학교에는 없었다.

입학이 임박했는데도 사무소에서 입학통지가 나오지 않았으므로 어머니가 소학교에 가서 그 이유를 물었다. 어머니는 서둘러 호적을 떼어와서 어떻게든 입학시켜 달라고 부탁했고, 학교 쪽에서도 "괜찮으니 빨리 호적을 가져오시오" 하는 정도로 입학이 허용되었다.

입학식에 대한 기억은 나지 않지만 필기도구를 들고 처음 등교한 날은 선명하게 기억하고 있다.

나의 집과 오삿자와를 사이에 두고 살고 있던 2학년 가와자와 후쿠지〔貝澤福二〕가, "학교 가자"라며 우리 집에 들렀다. 새

가방을 사지 못한 나는 형이 사용하다 물려준 즈크(굵은 베실 또는 무명실로 두껍게 짠 직물. 돛·천막·가방 등을 만듦)천으로 만든 어깨에 매는 가방에 몇 권의 노트를 넣고 집을 나섰다. 가방은 본래 하얀색이었지만 오래되고 낡아 짙은 다갈색으로 변해 버렸다. 그렇게 색이 바랜 가방을 어깨에 맨 나의 손을 잡아주던 후쿠지 씨가 길 가는 도중에 내 가방이 밑으로 내려와 거꾸로 쏟아질 것같이 보이자 바로 고쳐 매어 주었다.

니부타니 소학교의 선생님은 단 두 명이었다. 교장 후지이 다이키치[藤井大吉] 선생과 호사카 히토시[穗坂徹] 선생. 후지이 교장은 1학년과 5,6학년을 같은 교실에서 맡았고, 호사카 선생은 2,3,4학년의 담임을 맡고 있었다.

입학 당시 나의 복장은 형들에게 물려받아 입은 기모노였다. 유복한 집의 아이는 학생복을 입었지만, 가난한 집의 아이는 기모노를 입었는데 3분의 1 정도였다고 생각된다.

2학년 여름이 끝났다. 같은 학년이 니다니 소사부로[二谷宗三郎]와 1학년 가이자와 쇼우지[貝澤晶治], 그리고 나 세 사람은 교정 바로 옆에 있던 가이자와 타다오[貝澤正雄] 씨의 수박밭에서 수박 한 통을 서리해 왔다. 훔친 수박을 껴안고 교정에서 5,6학년 형들이 여럿 놀고 있는 곁을 아무렇지도 않게 지나쳐 벼랑 밑에 가서 수박을 돌로 쪼개 셋이서 빙 둘러앉아 나눠 먹었다. 나는 훔쳤다거나 도둑질을 했다는 생각이 별로 없었다.

맛나게 먹고 있는데 그 무렵 퇴직했던 구로다 히코조[黑田彦三] 선생이 와서 "너희들 왜 수박을 훔친 것이냐, 자 함께 가자"고 말했다. 구로다 선생을 따라가니 소학교 직원주택인 후지이 교장 댁에 맡겨졌다.

후지이 선생은 아직 집으로 돌아오지 않았는데, 우리들 셋은 나란히 작은 무릎을 꿇고 앉아 선생님 오기를 기다렸다. 그래도 한 번도 들어온 적 없는 교장선생님 집이라 신기해서 주변을 빙글빙글 둘러보며 소곤소곤 이야기를 나누기도 했다.

후지이 선생이 돌아오셨다. 크게 꾸지람을 들을 것으로 생각하고 있었는데 피부가 검은 선생님은 하얀 이를 드러내고 싱글벙글 웃으면서 방으로 들어오셨다.

"시게루, 어떻게 된 일이지?"

"예, 타다오 아차 댁의 수박을 훔쳤습니다."

아차란 아이누어로 작은아버지를 말하는 아차포의 생략어이다. 후지이 선생은 그 아차라는 발음이 이상하다며 커다란 소리로 웃었다. 그러면서 교장은 자리를 고쳐 앉은 다음 이야기를 시작했다.

"너희들이 타다오 씨네 수박을 훔치는 것을 모두가 보고 있다가 근처에 있던 구로다 선생에게 가르쳐 주어 구로다 선생이 너희를 찾으러 가니 벌써 수박을 먹었다는 것이야. 타다오 씨는 먹고 싶어하는 자식들도 많이 있는데 수박이 익기를 기다리며 따지 않은 것을 너희들이 먼저 따버린 것이야. 앞으로 절대 남의 것을 훔치지 말거라, 알겠는가, 시게루."

내가 셋을 대표해서 앞으로 절대 남의 물건을 훔치지 않기로 맹세했다. 교장 선생님의 "타다오 씨는 먹고 싶어하는 자식들도 많이 있는데 수박이 익기만을 기다렸다"는 말씀이 왠지 모르게 마음에 남아 있었다.

3학년 때에도 큰일을 한 번 냈다. 나는 교정 주변에 생울타리 대신 심어 놓은 커런츠(currants, 씨 없는 건포도)를 따먹은 것이다.

이 커런츠는 여름방학이 끝나고 2학기가 시작될 때 1백 명 남짓 되는 전교생이 따서 나누는 것이 관례였다. 그런데 우리같이 학교 부근에 사는 사람들이 조금씩 따먹다가 결국 대부분을 먹어 버린 것이다.

2학기가 시작되던 날 커런츠를 먹은 사람 모두가 다른 곳으로 불려나가 모조리 선생님의 커다란 손에 매를 맞아야 했다, 퍽, 퍽.

(그 소리, 그 아픔은 45년이 지난 지금까지도 잊을 수 없다. 내가 어렸을 적 훔쳐먹은 커런츠와 독일 구스베리를 지금 어린이들은 쳐다보지도 않는다. 그 작고 빨간 열매가 검은 빛을 띠고 주름져서 떨어져 있는 것을 보면 옛날 일이 생각나 화가 날 때가 있다. 배고프고 어린이의 마음에 커다란 '상처'를 남길 만한 것을 학교에 심어둔 것은 교육상 좋지 않는 일이 아니었을까.)

가난한 소학교 시절에는 학교에서 무엇 하나 재미있는 일이 없었던 것 같다. 1,2학년 때는 느끼지 못하지만 3학년 무렵이 되면 집의 형편을 알게 된다.

니부타니 소학교의 운동회는 6월 15일로 정해져 있었다. 그 날이 가까워지면 운동회 때 입는 팬츠와 흰 상의를 살 수 있을지 어떨지가 걱정이었다. 운동회가 가까워져도 돈을 벌러 나가 있는 아버지와 형이 돈을 송금해 주지 않는 경우가 있었다. 그것을 알고 있는지 선생님이 나를 그늘로 불러 "아버님에게서 돈이 왔느냐" 하고 물으면, 나는 정직하게 "아직 안 왔어요"라고 대답하면 선생님은 다음날 아침 다시 아무도 등교하지 않았을 때 선생님 집으로 오라고 하셨다.

아침 일찍 가면 선생님은 내게 새하얀 팬츠와 상의를 건네주셨다. 선생님은 전날 밤 비라토리로 자전거를 타고 가서 사왔을지도 모른다.

운동회하면 3학년 때 집을 떠나 돈을 벌러 나간 아버지인가 형이 돈을 갖고 돌아와 내가 바라던 하얀 학생모자를 살 수 있었다. 운동회 낮 휴식 시간에 처음 모자를 쓰고 자신만만하게 교정을 걸었다. 몇 명인가 친구들이 땅을 파서 만든 우물 주변에 모여 우물 속을 들여다보고 있었으므로, 나도 그 패에 끼여 들여다보았다. 쑤욱하고 아래 수면에 하얀 모자를 쓴 내 얼굴과 친구의 얼굴이 비쳤다.

와글와글, 시끌벅적 떠들어대면서 들여다보고 있는데 T군의 손이 내 모자에 걸려 모자는 깊은 우물 속으로 쑤욱, 풍당. 비치고 있던 모두의 얼굴이 어지럽게 뒤섞이면서 얼굴 하나둘씩 내 곁에서 사라져갔다.

순식간의 일이다. 우물가에 홀로 남아 조용히 가라앉아 가는 갓 구입한 새하얀 모자를 물끄러미 바라보면서 집으로 돌아가면 야단맞을 것만 생각하고 있었다.

우물이 있던 교정에는 천황, 황후의 '진영(眞影)'과 교육칙어(教育勅語)가 들어 있는 봉안전(奉安殿)이 세워져 있으며, 옥내 운동장 벽에 러일 전쟁 전리품이라는 대포 탄환의 화약이 들어 있는 금속제 통도 하나 있었다.

니부타니 소학교 운동회에는 만국기가 장식되었다. 당시 니부타니보다 큰 니오이 소학교에는 이 만국기가 없어 운동회 때는 니부타니에 빌리러 왔다. 니오이의 운동회에 견학하러 가면 우리 학교의 만국기가 걸려 있어서 왠지 모르게 기뻤다.

4학년 때, 소학교 시절의 가장 힘든 추억이 떠오른다.

여름방학이 끝나고 내일부터 학교가 시작되는 날, 교과서와 여름방학 책을 넣은 낡은 가방이 보이지 않았다. 집 안 구석구석, 구석구석이라 해도 좁은 집이므로 바닥을 들어 가장자리 밑에라도 들어갔을까 하며 찾아보았지만 보이지 않았다.

다음날 아침 등교하는 날 나는 학교에 가지 않았다. 학교에 가고 싶었지만 교과서는 없고 여름방학 책도 없다. 나는 그후 매일매일 어머니에게 울고 매달리며 찾아 달라고 했다. 달리 찾을 곳이 없던 어머니는 개가 물고 갔을지도 모른다며 풀밭으로 찾으러 가주셨다. 그러나 찾지 못했다.

사정이 딱해진 어머니는 근처에서 무당을 하는 니다니 나리씨에게 점을 쳐보았지만 신도 모르신다고 했다.

그런 가방찾기로 시간만 흘러 3개월 지난 어느 날 어머니는 싫다는 나를 끌고 학교로 가서 선생님에게 사정 이야기를 해주셨다. 아마 11월로 접어든 때로 생각한다.

교과서가 없는 나는 친구들이 보여주어 공부하게 되었다. 교실에 들어가 보니 공부가 너무 늦어 버려 수업 내용을 알 수가 없었다. 그때까지 공부는 학급에서도 상위에 속했는데, 점점 뒤처져 드디어 꼴찌에 가까웠다. 점점 학교에 가는 것이 싫어져 걸핏하면 쉬었다. 그래서 4학년 2학기는 거의 학교에 가지 않은 것이나 같았다.

눈이 흩날리는 설날이 가까운 어느 날, 놀다 집에 들어오니 꿈에서조차 찾아 헤매던 가방이 이로리 옆에 탁 놓여 있었다. 나는 눈물로 눈앞이 보이지 않았으므로 손으로 더듬어 이로리 곁으로 가서 낡은 가방을 꼭 껴안았다. 눈물을 닦으며 가방 속을 보니 몽땅 그대로 아무것도 없어지지 않았다. 교과서와 여름방학 책이 그립기도 하고 밉기도 하여 마음이 복잡했다.

안달을 하며 어머니에게 가방을 어떻게 찾았는가 물으니, 놀랍게도 할머니의 옷고리짝 속에서 나왔다고 했다. 할머니가 무엇을 잘못 알았는지 내 가방을 고리짝 속에 넣어 버렸던 것이다. 할머니는 나를 너무도 귀여워하셨으므로, 나를 애태우려 했던 것이 아니다. 그렇다 해도 자꾸 눈물이 나왔다. 하지만 할머니에겐 한마디 원망도 않았다(이 이야기는 지금까지 아무에게도 한 적이 없다. 이 말을 하면 내가 문자나 일본어를 잘 모르는 것이 후치[할머니] 탓이며, 자상하던 후치에 대해 악담을 하는 것이라 생각했기 때문이다. 그러나 이젠 마음속 어디에도 그런 기분이 들지 않음을 스스로 확인할 수 있었으므로 괴로웠던 추억을 기록할 수 있게 되었다).

그 사건 이후 나는 완전히 학교가 싫어졌고 성격도 어두워졌다. 싫은 학교에 가는 것보다 아기 돌보기를 원하는 집으로 가서 그 집 아이와 놀았다. 내가 학교를 가지 않고 빈둥거리면서 쉬는 것을 알면서도 어른들은 나를 반기며 점심 정도는 먹여 주었다. 저녁까지 아기와 놀다가 동급생이 학교에서 돌아올 무렵 나도 허둥지둥 집으로 돌아가는 식이었다.

그러니까 나는 4학년부터 5학년에 걸쳐 오랫동안 결석한 아동이었던 셈이다. 6학년이 되어서야 조금 공부하고 싶은 기분이 들었지만 이미 학업을 따라갈 수 없었다. 마침내 학생이 아닌 '손님' 같은 모양으로 졸업하게 되었다.

그런데 니부타니 소학교에는 아이누의 학생이 아주 많아 샤모(일본인) 어린이에게 '아이누, 아이누'라고 놀림을 받거나 학대당한 기억은 없다.

아이누 문화와 풍습을 연구하기 위해 도내 각지의 아이누 코단을 돌아다니는 사람에게 "니부타니 사람은 대범하고 느긋합니다"라는 말을 자주 들었다. 연구자뿐만 아니라 보통 사람들도 그렇게 말했다. "니부타니 아이누는 느긋하다"고 말하는 이유는 어린 시절의 환경에 따른 것이 아닐까.

'세 살 적 버릇 여든까지'라는 속담이 있는데, 어릴 적 성격은 변하지 않으므로 학대를 받거나 괴롭힘을 당하면 주눅들고 성격이 비뚤어진 인간이 되어 버린다. 마치 갓 자라기 시작한 풀의 심을 잡아뜯는 것과 같아, 풀은 뜯기면서 성장이 멈추던가 마디가 굵게 생기던가 혹은 뜯긴 부분에서 엉뚱한 방향으로 심이 자란다. 인간은 환경에 의해 좌우된다.

홋카이도 각지의 아이누인 중에는 샤모가 많은 학교에 다니며 괴롭힘을 당한 사람이 많이 있다.

"야, 이누가 온다(야, 아이누인이 온다)" 정도의 말은 시작에 불과하며 몸에 털이 많은 털북숭이라느니, 가난뱅이라느니, 그

외 입에 담지도 못할 욕설을 해댄다. 소학생 시절은 아주 작은 일에도 마음 상하고 사소한 말 한마디에 상처를 입는다. 샤모에게 이러한 취급을 받으면 학교 가기 싫어 학교를 빼먹는 날이 잦아지면서 공부하지 않아 성적이 나빠지면 학교도 그만두게 된다. 이런 어린이가 자라면……

그런 의미에서 우리 니부타니 아이누는 행복한 어린 시절을 보냈다고 할 수 있다. 최근 들어 더욱 절실히 그렇게 생각하게 되었다.

니부타니 소학교에 아이누 학생이 많았던 것은 니부타니에는 샤모가 적었다는 말이 된다. 내가 살았던 피파우시는 어릴 적에 일본인의 집이 몇 호밖에 없었다. 그 중 혼자 거주하는 일본인이 셋 있었다.

한 사람은 오오모리라는 사람으로 오삿사카(현재의 만로사카)의 비라토리 부근의 비탈 위의 우측에 있는 집에서 살았다. 이 집은 '시모노아'라는 아이누인의 집이었는데 오오모리 씨 혼자 빌려서 거주했다. 직업은 목탄용 나무를 벌채하는 일을 한 것 같다. 그러던 중 이 오오모리 씨가 병들자 나의 어머니와 근처 아이누인들이 번갈아 가며 간병해 주었지만 결국 그는 죽었다.

또 한 사람은 마을 사람이 콧코 사사키라 부르는 사사키 사카루라는 사람이다. 거주하던 곳은 니부타니 못 북측 큰 강가. 말을 더듬는 사람이었으므로 '콧코 사사키'라는 별명을 붙여 주었다. 빈 병을 회수하는 일을 했다. 어찌된 일인지 잊어버렸지만 나는 이 사람의 이불에서 잔 적이 있다. 소주 냄새를 풍기는 곁에서 어느 틈엔가 잠들어 버렸다.

나머지 한 사람의 이름은 모른다. 칸칸 언덕 위 니오이 근처 덤불 속에 있었던 '돗자리'와 풀을 엮어 지붕을 만든 오두막에 살고 있었다. 이 사람은 마흔 살 정도 되었는데 늘 흠칫흠칫 하며 작은 소리에도 귀를 곤두세우는 조금은 싫은 느낌의 사람이었다. 지금 생각하면 노무자 합숙소에서 도망친 사람이거나 죄인이었을지도 모른다는 생각이 든다.

그래도 이 사람은 무슨 이유엔지 어린 나를 은신처인 오두막으로 데리고 가서 중요한 물건은 이곳에 있다며 지붕 밑에 숨겨둔 것을 보여주었다. 이 오두막은 도로에서 전혀 보이지 않는 폰칸칸 연못 너머에 있었으므로 마을 사람도 잘 몰랐을지도 모른다는 생각이 든다. 그 오두막도 그 남자도 어느 틈엔가 보이지 않게 되었다.

1935년경 니부타니의 많은 사람들은 일하고 싶어도 일자리가 없었다. 나의 큰형 가츠요시, 둘째형 유키오는 집 앞에 있는 소학교를 졸업도 못하고 도중에 퇴학하여 외지로 일하러 떠났다.

큰형은 야마몬베츠(지금의 몬베츠쵸) 후지모토 씨 농가에 거주하며 일을 해주었다. 나로 말하면 형이 품삯으로 번 돈을 받으러 야마몬베츠까지 가는 것이 임무였다. 형도 물론 힘들었겠지만, 소학교 3학년인 내게도 그 임무는 괴로운 일이었다. 니부타니에서 야마몬베츠까지 18킬로미터 정도였다. 그 길을 걸어서 왕복했다.

이부타니를 벗어나 코히라를 지나 오른쪽으로 비라토리의 큰 다리를 바라보며 아페츠자와를 건너 유랍자와로 올라가야 한다. 길이라야 고작 마차가 지나다닐 정도의 폭이고 길 양쪽으로 굵은 나뭇가지와 잡초로 무성하다. 내 나이 또래의 어린이가 다녀올 만한 길이 아니었지만 생활에 쫓기던 부모님은 알면서도 나를 보냈다.

점점 길이 좁아지고 오가는 사람이 없으면 갑자기 쓸쓸해진다. 할머니가 들려준 우에페케레(옛날 이야기)에 나오는 곰의 습격을 받은 어린이 이야기가 떠오르고 근처의 풀이 바람에 흔들리면 덜컥 무서워져 내달리곤 했다. 그러다 울면서 달려간다. 그래도 길이 구부러져 있는 곳에서 갑자기 사람이라도 만나면 눈물을 닦고 달리기를 멈추는 식이었다.

유랍자와 꼭대기까지 올라가 산등성이에 다다르면 굵은 풍도목(風倒木)이 외길에 가로누워 있는데, 어린 나는 그 나무 밑을 웅크리고 지나간다. 그 무렵 산등성이의 뜻을 몰라 풍도목 밑을 웅크리고 지나가는 것이 산등성이인줄로만 알고 있었다.

울면서 뛰어가야만 할 정도로 무서운 산등성이를 넘어 큰형이 일하고 있는 후지모토 씨 집에 겨우 도착하여 받는 형이 번 돈은 고작해야 5엔이나 10엔이다. 그래도 당시 쌀 한 가마니가 5-7엔이었으므로 나와 동생들 가족이 많은 어머니에게는 많은 도움이 되었을 것이다.

둘째형 유키오는 아버지와 함께 후레나이에서 일하고 있었다. 후레나이는 야마몬베츠와 반대 방향으로, 토미우치센[富內線]의 중간에 있다. 니부타니에서는 야마몬베츠보다 먼 20킬로 거리였다. 이 후레나이에 돈을 받으러 가는 것 역시 싫은 일이었다. 산등성이는 없었지만 지금의 호로케시[幌毛志] 역과 후레나이 묘지 주변에 피리카왓카라는 곳이 있는데 그곳에 있는 어느 집에 무서운 개가 있었다. 이 개가 무서워 후레나이에 가는 것이 정말 싫었다. 때투성이 넝마차림의 아이누 아이를 보고 개도 의심스럽게 생각하여 짖었을지도 모른다. 나는 지금도 견딜 수 있을까 생각해 보니 죽을 맛이 된다.

후레나이에서 돌아올 때에는 대개 아버지나 형이 부탁하여 크롬 광석을 운반하는 트럭의 짐칸 위에 실려 니부타니로 돌아왔다.

아버지는 물론 아직 성인이 되지 않은 형들이 열심히 일해 어머니와 어린 형제를 키웠다는 것을 몸으로 알고 있던 나는 소학교를 빨리 나와 일하러 가서 돈을 벌어야지 하고 생각했던 것 같다.

그 무렵 어린 내게 돈을 들고 아버지나 형에게 일을 부탁하러 오는 토목공사 십장이나 목재를 벌채하는 산의 벌목꾼이 대단히 위대하게 보였다. 나는 어린 마음에 '나는 어른이 되면 십장이 되어야지' 하며, 십장이 되는 것을 유일한 목표로 정했다.

1935년 전후의 어느 겨울 일거리가 없는 니부타니의 마을 사람을 구제하기 위해 구제공사(救濟工事)라는 일이 시작되었다. 막 깎아낸 도로(현재의 국도 237호선)에 모래를 까는 일이었다. 길에서 1킬로미터나 떨어져 있는 사루 강에서 석유통을 두 개 넣은 상자에 모래를 담아 짊어지고 와서 도로에 까는 일이었다. 하루 일해 얼마나 돈이 되었는지 모르지만, 형들이 마을 사람 속에 섞여 추운 겨울 이른 아침부터 저녁까지 일했다. 밤늦게

집에 돌아와서도 모래를 옮길 상자를 만들거나 강의 모래를 짊어져 젖은 옷을 이로리 옆에서 말렸다.

그 무렵 내가 다니던 니부타니 소학교는 형편이 어려운 학생에게 점심으로 쌀주먹밥을 한 개씩 주었다. 분명 매일 준 것이 아니라 한 주에 하루나 이틀이었던 것으로 생각된다. 게다가 그 기간도 그리 길지 않았던 것 같다.

그래도 다른 어린이는 도시락을 들고 오는데 가난한 집의 아이들만이 주먹밥을 받는 것이 싫어, 주먹밥을 주는 날에는 학교를 빠지거나 받은 밥을 곁눈질로 보다 집으로 들고 가서 피죽을 끓여 먹기도 했다. 이토록 비참하게 먹기는 싫다고 생각했던 것이다.

그런데 그 무렵 바로 밑의 동생 겐스케가 병이 들어 점점 쇠약해졌다. '동생에게 하얀 쌀주먹밥을 먹인다면 병이 나을지도 몰라' 하는 생각이 들어 주먹밥이 나오는 날 학교에 갔다. 싫기만 하던 주먹밥을 받아들고 와서 동생에게 보여주었더니, 동생은 새하얀 주먹밥을 보고 방긋 웃었지만, 이미 그때는 입가에 대주어도 먹을 기력도 없었다.

동생은 결국 죽었다. 나이 대여섯 살이었다. 어머니는 매장할 때 입을 동생의 옷을 꿰매면서

"아아, 살아 있을 때 이렇게 새 옷을 지으면 겐스케가 얼마나 좋아했을까…… 죽고 나서 이렇게 좋은 옷을 입다니……"라며 눈물을 흘렸다.

그것은 짙은 갈색의 모피를 칼로 훑어서 털과 기름을 뽑고 가죽을 부드럽게 다루어 만든 옷이었다.

어머니는 아주 신심이 돈독한 분이라 집 부근을 지나치는 수행 스님, 염불할 때 두드리는 둥근 부채 모양의 북을 든 사람, 석장(錫杖)을 잡은 사람 등 여러 스님을 재워 주었다. 때로는 우리가 잠든 후에 숙박하는 경우도 있어, 우리가 깔고 있는 짚을 넣어 만든 요 위의 이불을 벗겨 그 여행하는 스님에게 깔아 주기도 했다. 아침이 되어 눈을 뜨면 짚을 넣은 요 위에서 자고 있을 때가 종종 있었다.

스님뿐만 아니라 지나가는 여행객이라도 힘든 사람은 재워 주었다. 재워 주고 도와줄 여유는 없었지만, 만약 그 사람을 재워 주지 않아 길가에서 쓰러져 죽기라도 하면 자신은 평생 벌을 받는다고 생각했던 것 같다.

어머니는 "신은 보이지 않지만 어디에나 있으며, 사람은 보지 못해도 신은 보고 있다, 남의 물건을 훔치거나 나쁜 짓을 해서는 안 된다"고 자주 말씀해 주셨다. 구멍투성이의 우리 집이었지만 어머니의 사랑은 엄격하게 '아이누, 네노안 아이누(인간다운 인간)'가 되라며 키우셨다.

죄인이 된 아버지

그런데 내가 소학교에 들어가기 전 아버지의 신상에 아니 우리 집안에 커다란 사건이 일어났다.

어느 날 길고 번쩍번쩍 빛나는 칼을 찬 순사(경관)가 우리집 판자문을 열고 들어왔다. 순사가 "세이타로 갈까"라고 아버지를 향해 말하니, 아버지는 거미처럼 마루방에 넙죽 엎드려서 "예, 가겠습니다"라고 대답했다. 조용히 일어선 아버지 얼굴의 두 눈에서 굵은 눈물이 뚝뚝 흘러내렸다. 어린 나는 그때 애꾸눈인 아버지의 두 눈에서 눈물이 떨어지는 것을 보고 '저렇게 눈알이 없는 눈에서도 눈물이 나는구나' 하고 생각했다.

아버지는 몰래 연어를 잡은 혐의로 체포되었다. 매일 밤마다 잡아 우리 형제와 근처 노파들, 신들에게 먹여 주던 연어는 그 무렵 잡아서는 안 되는 물고기였다.

누군가가 "감옥에 데리고 갔다"고 말했을 때, 나는 감옥이란 머리가 천장에 닿아 똑바로 설 수 없고 발도 오그리고 있어야 하는 작고 작은 방을 말하는 것이구나 하고 막연하게 생각했다.

아버지가 집을 나가 순사와 함께 비라토리 쪽으로 걸어갔다. 나는,

"가면 안 되요, 가지 마세요, 아버지, 아버지"

라며 그 뒤를 쫓아갔다. 쫓아가서 아버지의 커다란 손에 매달려

"안 되요 가면, 우리는 뭘 먹어요"

라며 울고 보챘다. 뒤쫓아온 어른들이 나를 붙잡고

"곧 돌아오니 울지 말아라"

라고 말하며 나보다 더 심하게 울었다. 그래도 나는 니부타니 소학교를 지나 누페산케를 지나 5리 정도 울면서 아버지 뒤를 따라갔다. 아버지는 순사들의 재촉을 받으면서 뒤돌아보고, 또 돌아보며 점점 멀어져 갔다. 나는 길에서 나뒹굴며 울부짖었지만 어머니와 이웃 사람에게 업혀 집으로 돌아왔다.

집에서 할머니의 원망은 대단했다. 할머니의 말에 따르면, 경찰은 아무 이유 없이 자기 아들을 데리고 갔다, 말하자면 부당한 체포라는 것이다.

할머니가 나중에 그때의 슬픔을 떠올리며 내게 한탄한 말은 다음과 같다.

"시삼카라페 쳅네와헤 쿠로호웃와 카무이에파로이키 코에투렌노 포호우타라에렘 아코팟하웨타안 웬시삼우탈 웃히아낫 소모아팟하에타안"

(연어는 일본인이 만든 것도 아닌데, 내 아들이 연어를 잡아 신들에게 바치고 아이들에게 먹인 것이 무슨 죄가 된단 말인가. 나쁜 일본인이 잡아들인 연어에 비하면 전혀 죄가 안 된다, 이해할 수 없다.)

어른이 나를 달랠 때 아버지는 곧 돌아오겠다고 했으므로 그 말을 믿고 매일같이 바깥에 나가 집 담벽에 기대어 비라토리 쪽을 바라보았다. 그러나 아버지는 며칠이 지나도 돌아오지 않았다. 어머니에게 "아버지는 언제 돌아오냐"고 물었다. 어머니는 얼굴빛만 흐릴 뿐 대답해 주지 않았다.

아이누 민족이 죽지 않고 계속 살 수 있는 이유의 하나는 먹거리를 충분히 얻을 수 있었기 때문이라 한다. 식량이란 연어와 사슴고기이다. 그러므로 아이누는 연어를 소중하게 여기고 자연의 섭리에 따라 포획했다. 산란 전의 연어, 즉 9월부터 10월에 강을 거슬러 올라오는 연어는 그날그날 먹을 분량밖에 잡지 않았다. 또 많이 잡아 보관하려 해도 이 계절의 연어는 기름기가 너무 많아 보관하기 어려웠다.

아버지는 강을 거슬러 올라오는 계절에 연어를 잡다가 체포되었지만, 넓은 사루 강에 어른 손바닥 너비에 어른 두 사람의 손을 맞잡은 크기 정도 되는 그물로, 가족이 먹을 만큼만 매일 잡았다고 해서 연어가 줄어들지 않는다는 것을 아이누인은 알고 있었다. 그 무렵 연어가 줄어든 것은 샤모의 난획이 원인이었다. 샤모는 자신들이 만들어 낸 원인을 아이누에게 책임을 뒤집어 씌웠다.

우리들 아이누인이 겨울 식량으로 쓰기 위해 저장용으로 대량으로 연어를 잡는 것은 산란이 끝나고 몸이 하얗게 변하고 꼬리가 '빗자루'처럼, 아니, 갓난아기의 주먹 정도 되었을 때이다. 이 무렵의 연어는 기름기가 없고 등을 갈라 밖에서 말려도

파리 한 마리 날아오지 않으므로 구더기가 슬 염려가 없다. 그런 연어의 맛은 약간 떨어지지만 1년이나 2년이 지나도 충분히 먹을 수 있다.

아이누인은 자연의 법칙에 따라 그 지혜를 잘 이용하고 있었다. 아이누인은 연어뿐만 아니라 사슴도 곰도 어떤 동물도 수렵 민족이었으므로 그것들이 멸종되지 않도록 지혜와 애정을 갖고 있었다.

샤모가 만든 연어 금어(禁漁, 물고기의 번식과 보호를 위해 잡지 못하게 함)라는 법률은 연어를 주식량으로 살아온 아이누에게 '죽음'과 같은 법률이다. 아이누인에게 나쁜 법, 마치 '아직 날개도 자라지 않은 새에게 먹이를 물어오는 어미새를 때려 죽이는 것과 같은' 법률이었다.

이 법률 외에도 1899년에 생긴 유명한 '北海道舊土人保護法'(현재도 아직 남아 있다)은 샤모의 아이누에 대한 차별을 확연히 드러내는 법률일 뿐이다.

우리들은 '구토인(舊土人)'이 아니다. 우리들은 홋카이도, 즉 아이누 모시리(인간의 조용한 대지)라는 '국토'에 거주하고 있던 '국민'이다. 그 '국토'에 '일본국'의 '일본인'이 침략한 것이다. 아이누 모시리가 아이누 민족 고유의 영토였던 것은 이 땅의 높은 산과 커다란 강은 물론, 아무리 작은 개울, 연못이 모두 아이누의 이름으로 불리는 것을 보아도 알 수 있다.

우리들의 '국토'에 일본인이 몇 백 년 전부터 건너왔는데, 본격적이고 전면적으로 '침략'한 것은 지금으로부터 110년쯤 전 메이지시대부터이다. '北海道舊土人保護法'이란 법률은 우리들 수렵 민족의 기본적인 생활권──언제 어디서나 자유로이 곰과 사슴을 잡고 연어와 송어를 잡을 수 있는 것을 무시하고, 척박하고 열악한 조건의 토지를 '급여'로 주고 농경을 강요하며 우리들의 자유를 빼앗아갔던 것이다. 또 토지의 '급여'라는 형태로 토지의 수확도 정당화했다. 니부타니 주변의 산들도 어느 사이엔가 일본국의 '국유림'이 되어 그후 대재벌에게 불하되었다.

이것은 완전한 '침략'이다. 나는 강한 나라가 약한 나라를 어떻게 침략하는지 그 방법은 모른다. 그러나 '일본국'의 '일본인'은 선주민인 아이누 민족의 생활권을 무시하고 아이누의 나라, 아이누 모시리에 흙발로 우르르 몰려들어 온 것이다. 만약 '일본인'은 침략이 아니라 아이누 국토를 빌린 것이라면 차용증, 매입한 것이라면 매수증이 있어야 한다. 게다가 국가와 국가의 계약이므로 제3국의 입회도 필요할 것이다. 그러나 그런 증서를 본 적이 없고, 입회했다는 나라를 꼽을 수도 없다.

조금 속된 표현이지만, 실제 소박하게 생각하는 우리들 아이누는 아이누 모시리를 '일본국'에 팔 생각도 빌려줄 생각도 없었다는 것이 공통된 인식이다.

여하튼 나의 아버지는 '죄인'이 되었다. 그때 아버지가 흘린 눈물은 한 민족으로서 흘린 무념(無念)의 눈물이 아니었을까.

'죄인'이라 하면 또 하나의 추억이 떠오른다. 나는 어느 땐가 가이자와 집안에서 태어났으면서 왜 가야노 집안의 양자가 되었는지 아버지에게 힐문한 적이 있었다. 그러자 아버지는,

"너는 장래성이 있는 아이였으므로 내 누이가 시집간 가야노 집안 사람이 된 것이다. 너는 덕분에 죄인의 아들, 전과자의 아들이라는 말은 듣지 않지 않느냐"라는 식으로 말씀하셨다.

이 말을 들었을 때 반신반의했는데, 어쩌면 아버지는 진짜 그렇게 생각했을지도 모른다.

아버지에 대한 나의 추억에는 즐거운 것이 적다. 술 마시는 아버지, 부부 사이가 나쁜 아버지, 별로 일하지 않는 아버지…….

아버지, 가이자와 세이타로는 1893년 니부타니에서 아버지 톳카라무와 어머니 테캇테 사이에서 태어났다. 형제는 큰누나 우타아시카, 둘째누나 우모시마텟, 셋째누나 우몬, 그리고 아버지. 아버지는 1892년 창립 니부타니 소학교를 1902년 제4회 졸업생으로 수료했다. '일본식' 교육이 한창 행해졌던 시기에 학교에서 일본어를 열심히 가르쳤다. 학교에서 일본어, 집에서 아이누어로 이중의 언어 생활을 했다.

1909년에 니부타니 소학교를 졸업한 니다니 젠노스케 씨의 말에 따르면, 일본어를 잘 모르는 어린이는 용변 보는 것을 선생님께 말하지 못해 그대로 누게 해서 울던가, 일본어로 수를 세는 방법을 몇 번 가르쳐 주어도 몰랐으므로 선생님이 '바보'라고 하면 그것이 수를 세는 말인가 하고 학생도 '바보'라고 흉내냈다는 웃지 못할 이야기가 있다.

아버지는 당시 수업 연한이 4학년인 소학교를 졸업하고 몇 년간 할아버지의 수렵 일과 밭일을 도왔다. 그러던 중 이웃 가이자와 데츠조라는 사람과 함께 가라후토(樺太, 현재의 사할린)로 곰사냥을 나갔다고 한다. 그러나 생각처럼 사냥이 안 되어 돌아오는 날이 자꾸 지연되어 만 스물의 징병검사 때까지 사할린에 있었다.

돌아와서 검사를 받으니 갑종 합격. 삿포로의 츠키사츠 보병 제25연대에 입대했다. 조금 읽고 쓰기가 가능하고 수렵 민족이라 민첩성도 배어 있었기 때문인지, 군인으로서는 그럭저럭 '씨름은 25연대에서 1,2등, 2년의 군대 생활을 마치고 제대할 때 선행증서(라고 들었다)를 받았다.' 그것이 아버지의 자랑이며 늘 그 이야기를 하며, "거짓말 같으면 비라토리에 가서 같이 군대 생활을 한 히라무라 이치로에게 물어보렴" 하고 말씀하시곤 했다.

아버지는 1932년경 연어 밀어 협의로 체포된 이후 점점 술독에 빠져들었다. 별로 일하지도 않고 술값을 위해 할아버지가 갖고 계시던 말을 팔고 조부모님이 힘들여 세운 창고를 20엔에 이웃 사람인 가이자와 세이하치로 씨에게 팔아 버렸다. 예전에 이 창고에는 피·조가 넘쳐날 정도로 채워져 있었다. 할머니 테캇테는 자식을 잘못 둔 죄로 창고가 이웃집 땅으로 넘어가는 것을 보고 눈물을 흘리셨다고 한다. 내가 철이 들 무렵에는 이 창고를 가이자와 우키치 씨가 주거로 살고 있었다.

이 창고는 1911년에 니부타니 소학교 개축공사에 왔던 일본인 목수 아사지 씨가 세운 것이다. 그것은 토대(土台)가 딸린 건물(아이누 건축에는 토대가 없다)로, 3칸(약 5.4미터)×4칸(약 7.2미터) 크기였다. 나의 할아버지 외에도 니부타니에는 몇 사람이 아리타 목수에게 창고를 짓게 했다고 한다. 내가 어렸을 적에 본 기억은 니다니 구니카츠씨, 가이자와 겐키치 씨, 가이자와 우에사나시 씨, 그리고 할아버지의 창고로 모두 4동이었다. 다른 곳에도 있을지 모른다. 이 아리타 목수는 가족이 니부타니에 살았으며 나도 어렸을 때 본 적이 있다.

어렸을 때, 일본에 귀화하여 치료와 더불어 아이누 연구를 위해 1930년부터 1942년까지 니부타니에 체류했던 닐 골든 만로 선생은 내가 할머니의 손을 잡고 선생 댁에 놀러가면,

"세이타로 씨는 좋은 사람이야. 하지만 소주를 너무 많이 마셔. 소주는 웬카무이(나쁜 신)야. 어른이 되어도 술을 마시면 안된다"라는 말을 들려준 적이 있다.

어린 마음에 나는 어른이 되어도 술을 마시지 말아야지 하고 속으로 맹세했다.

아버지는 어머니와 결혼하기 전 니부타니에 있는 아가씨와 결혼한 적이 있었다. 그러나 아이를 낳지 못해 그 사람과 헤어지고 어머니와 하나가 되었다.

어머니 이츠메는 몬베츠 마을의 야마몬베츠 몬베츠 스케로쿠〔門別助六〕의 둘째딸로, 1899년 5월 14일에 태어났다. 어머니는 아버지 세이타로가 애주가인지 모르고 결혼했다고 한다. 결혼하고 보니 남편은 술만 마시고 일하지 않았다. 어머니는 '오늘은 친정으로 돌아가자, 내일은 도망가야지' 생각하면서 살았는데, 그러던 중 큰형이 태어나고, 둘째형이 태어나고 나까지 태어나 헤어지지도 못하고 함께 살았다고 술회한 적이 있다.

아버지의 생업은 무엇이었을까. 사냥은 즐겨 자주 나가기는 했지만 그것으로 생계를 책임질 수는 없었다. 아버지는 데시오의 엔베츠와 사할린에서 곰을 열네 마리 잡았다고 하지만, 내가

철이 들면서부터는 한 번도 잡은 것을 보지 못했다.

아버지는 자주 '**족제비**' 사냥 덫을 놓고 우리들에게 그 덫을 둘러보고 오라고 시켰다. 아침 일찍 여기저기 덫에 걸려 있을 테니 빨리 가라고 말하셔서, 사각사각 서리를 밟으며 달려가 보면 반드시 족제비가 걸려 있었다.

어떻게 아느냐고 물어보면 아버지는 웃으면서 "신께서 가르쳐 주셨단다"라고 말씀하셨다. 나중에 "사실은 꿈으로 알 수 있다, 손님이 오는 꿈, 그것도 여자 손님이 오는 꿈을 꾸면 반드시 걸려 있다"고 가르쳐 주셨다.

족제비 사냥 미끼로 가장 좋은 것은 늦가을 개울에 살짝 언 얼음 밑에 있는 '**미꾸라지**'나 '**둑중개**'였다. 족제비 가죽의 가격은 1935년경 한 장에 2엔이나 3엔이었다. 쌀 한 말이 20전에서 25전이던 시절이므로, 족제비 사냥도 조금은 생활비에 도움이 되었다.

눈이 흩날리기 시작하면 아버지는 토끼 덫을 놓았다. 토끼 덫을 살피는 것도 나의 일이었다. 이 덫은 헤피타니(스스로 사방으로 튀는 나무)라는 방법으로, 토끼가 다니는 길목에 뿌리의 굵기가 4,5센티미터, 길이 2미터 정도의 잔가지를 땅에 깊이 꽂아둔다. 그 끝 쪽을 휜 철사 올가미를 묶고 땅 속에 박아넣은 막대기에 살짝 걸리게 해둔다. 걸리는 올가미의 높이는 흙에서 어른 주먹 하나 크기 정도였다. 토끼가 올가미에 걸리면 잔가지의 나무가 튀어 토끼 앞발이 공중으로 들린다. 잔가지의 휨이 강하면 토끼의 몸 전체가 공중으로 뜨면서 올가미에 걸려 버린다. 토끼가 뒷발을 땅에 대고 있을 정도의 강도가 가장 적당하다.

토끼 껍질을 벗길 때 잊지 말아야 할 것이 하나 있다. 토끼는 기름기가 적은 동물로 피하지방이 거의 없다. 단 한곳 앞발의 죽지 부분에 인간의 손가락 끝 정도의 지방덩어리가 뭉쳐져 있다. 아버지는 이 작은 덩어리를 야단스럽게 양손 가득히 받아

"토끼의 신이여, 지방이 든 고기를 많이 주셔서 고맙습니다"

라고 말하며 두 번, 세 번 절을 한다. 토끼의 신은 그것을 진짜로 여겨 기뻐하며 몇 번이고, 몇 번이고 아니누인이 사는 곳에 토끼를 보내준다는 것이다.

아무리 굼뜨고 게으른 아버지라도 수렵 민족으로서의 정신은 잊지 않았던 셈이다.

토끼고기는 삶아먹거나 살짝 데쳐 말린 다음 보관해두기도 했다. 머리 부분은 눈알만을 제거하고 통째로 삶는다. 삶은 다음 조금 붙어 있는 고기를 깨끗하게 발라내고, 진짜 뼈만 남은 두개골을 깨끗하게 이나우(나무로 깎은 제구)로 씌운다. 이나우를 둥글게 만들어 눈을 넣고 혀를 붙이고 긴 귀를 살짝 세워 살아 있는 토끼처럼 장식한다.

그 머리는 한동안 안채 윗자리 창이 있는 곳에 매달아 놓다가 나중에 바깥 제단으로 들고 가서 신의 나라로 돌려보냈다.

1935년경 아버지가 데시오(天塩)의 엔베츠(遠別)에 사냥하러 갔다가 돌아오셨을 때 짐 속에서 많은 헤챠웨니가 나왔다. 헤챠웨니란 곰을 잡기 위해 설치해두는 활의 부품이다. 헤챠웨니와 화살만 있으면 나머지는 산에서 활을 만들 재료를 베어 바로 설치할 수 있다. 나는 이때 처음으로 헤챠웨니를 보았다.

아버지는 사냥 외에 산 속에서 나무꾼일도 했다. 큰 도끼로 철

도용 침목 깎기와 집짓는 건축 목재 깎는 일을 잘하셨다. 또 재목 만드는 인부나 목재 반출 길안내 인부일도 했던 것 같다.

1938-39년경 봄이 되자 치시마 쪽으로 니치로〔日魯〕어업의 어부로 고용되어 갔다. 2월말인가 3월경 선장이 지참금(선금)이라 하며 50엔인가 1백 엔을 두고 갔다. 아버지는 그 돈을 술을 마시는 데 모두 써버리고 눈이 녹는 5월이 되자 치시마로 출발했다. 9월말에는 돌아왔지만 별로 돈을 갖고 돌아온 것 같지는 않다.

그 당시 이런 식의 일에 상당히 많은 수의 아이누인이 모집되어 갔다. 겨울부터 봄에 걸쳐 가장 돈이 궁한 시기에 선금을 조금씩 주고 모집했던 모양이다. 시절이 바뀌고 다소 급료는 받았지만 할아버지들이 앗케시에 노예로 끌려갔던 때와 별다른 차이는 없었다.

아버지는 오직 연어잡이만 즐긴 듯하다. 밀어로 체포된 후에도 집에 있을 때는 연어를 잡아 우리들이나 이웃 사람들에게 나누어 주었다.

연어가 그물에 걸리지 않고 **'둥근 게'**가 걸리는 적이 있었다. 그러면 아버지는 그 둥근 게를 끈으로 가볍게 묶어 버드나무에 묶어 다음과 같이 말씀하셨다.

"너는 강의 신의 전령이다. 강의 신과 이야기할 수 있겠지. 강의 신에게 아이누인에게 연어를 선물해 달라고 말해 주렴. 연어는 우리들 눈에 보이는 아이누만의 음식물이 아니다. 불의 신과 다른 신들도 함께 먹는 것이다. 연어가 잡히지 않으면 아이누도 신들도 배가 고파 힘들어지겠지. 연어가 잡히도록 신에게 말해 주지 않으면 끈을 풀어 주지 않으련다."

그렇게 주문을 외면 이상하게도 연어가 그물에 걸렸다. 그런 다음 연어가 잡히면 아버지는 게를 묶었던 끈을 풀어 강으로 던져 주었다.

보통 둥근 게가 그물에 걸리면 아이누인들은 '오늘밤은 글렀구나' 하며 돌아간다. 그런데 그 재수 없는 게를 상대로 이야기했던 아버지는 어쩌면 진짜 신과 이야기를 나눌 수 있는 힘을 가졌을지도 모른다.

아버지는 산을 걷다가도 문득 생각나 중얼거리듯 한마디, "옛날에는 땅의 경계 같은 것이 없어 나무가 필요하면 산의 신에게 '이 나무를 무슨무슨 일을 위해 사용합니다, 아무쪼록 아이누에게 주십시오' 라며 이나우(나무로 깎은 제구)와 술을 올리며 기도하기만 하면 되었다"라고 말하셨다.

또한 산길을 걸을 때는 큰 소리로 시끄럽게 굴어 산의 신을 놀라게 해서는 안 된다고 내게 가르쳐 주셨다. 강가나 연못가를 걸을 때에도 쓸데없이 돌을 움직이지 말아라, 물고기 낚싯밥을 만들기 위해 들었던 돌도 본래대로 제자리에 놓아두도록 하라고 말씀하셨다. 지금 생각하면 아버지는 수렵 민족의 정신이 몸에 배어 있었음을 잘 알 수 있다.

하지만 평상시 아버지는 술을 많이 마셨고 농사짓는 일도 좋아하지 않았으므로 늘 가난한 살림이었다. 따라서 아이누 풍습의 소중한 행사가 있을 때에도 대개 두번째나 세번째 역할밖에 돌아오지 않았다. 이 점을 스스로 알고 있으면서도 매일 술독에

저자의 부친 가이자와 세이타로[貝澤淸太郎](1951)

빠져 사시던 분이었다.

1937년 코히라에 있던 아버지의 사촌누이인 가이자와 토마아의 남편으로, 시즈나이에서 와있던 츠키모토라는 사람이 강에 빠져 떠내려가 버렸다. 이른봄 눈이 녹아 수량이 많을 때였으므로 사체가 발견되지 않아 결국 유체가 없는 채로 장례식을 치르게 되었다.

유체가 없을 때 장례식 방법은 죽은 사람이 생전에 입던 옷에 부들 풀을 채워 넣어 만든 인형, 죽은 사람을 흉내내 만든 인형을 진짜 유체처럼 오른쪽으로 앉은 자세보다 조금 밑에 풀인형을 안치한다. 그런 다음 정식 장례를 거행하는 것이다.

죽은 츠키모토 씨는 시즈나이 사람이었다. 시즈나이 쪽에서 많은 아이누인들이 조문하러 왔으므로 이쪽 대표로 코히라에 거주하고 있던 시카토 산스케(鹿戶三助, 아이누 이름 욘케)라는 사람이 선발되었다.

그런데 첫번째 조문객을 대응한 후 이쪽 대표인 산스케 씨는 그날 밤 지역의 주요 아이누인을 모아 놓고 의논을 했다. 시즈나이에서 올 조문객은 오늘 온 사람만 보아도 얼마나 되는지 알 수 있다, 나이든 자기만으로는 도저히 대응할 수 없으니 니부타니의 가이자와 세이타로를 전면적인 책임자로 삼았으면 좋겠다는 의논을 내놓았다.

아버지는 이때 처음 마을을 대표하여 다른 곳에서 온 아이누인과 대면했던 것이다. 그날 아버지의 긴장되면서도 만족스러운 모습에 어린 나도 의지하고 싶어졌다. 아버지를 따라 이 장례식에 갔다. 인형을 만들어 불당에서 밤새 기원을 한 다음날이 우니웬테라는 장례식 날이다.

이 우니웬테는 질병 등으로 죽었을 때는 행하지 않는다. 즉 비명횡사했을 때만 행한다. 우(서로) 니웬(사납게 날뛰다) 테(시키다) 즉 '서로 열심히 화를 낸다'는 의미이다.

예를 들어 이때처럼 강에 빠져 죽은 경우, 강의 신을 향하여 "당신이 방심했기 때문에 이런 희생자가 나왔다. 앞으로 이런 사고가 일어나지 않게 해달라"고 아이누인이 강의 신을 꾸짖는 것이다. 혹은 불에 타죽은 경우는 불의 신을 질책하고, 산에서 곰의 습격을 받아 죽은 경우는 곰의 신은 물론 산의 신까지 힐책하게 된다.

우리 아이누의 세계에서는 인간과 신은 늘 대등하다. 신에게 절대적인 힘이 있다고는 생각하지 않는다.

코히라의 가이자와 토마앗 댁의 동쪽 바깥 제단 가까이 집을 사이에 두고 서쪽에는 시즈나이에서 온 조문객 서른 명 정도, 동쪽에는 조문객을 맞이하는 그 지방 사람 마흔 명 가량이 나란히 선다. 선두에 남자가 서고 여자가 뒤쪽에 일렬로 나란히 선다. 줄의 맨앞에는 마을의 대표이자 말주변이 좋은 사람이 서게 된다. 즉 나의 아버지는 지역 주민의 줄 선두에 있었다.

옷차림은 남녀 모두 자수로 수놓은 옷. 남자는 칼을 어깨에서 몸 앞으로 매단다. 장례식이므로 보통 의식 때 쓰는 사판페라는 관은 쓰지 않는다. 여자는 타마사이라는 구슬 장식품을 목에서 가슴으로 늘어뜨리고 길이 90센티미터, 폭 30센티미터 정도의 검은 천을 그대로 둘로 묶어 머리 뒤쪽에서 하나로 묶어 끝을

등쪽으로 늘어뜨린다. 그리고 왼손에는 지팡이를 짚는다.

쌍방이 갖춰지면 아버지는 칼을 빼 오른손에 들고 휘어어어어어이 하는 소리를 지르며 한 발짝 반걸음을 내딛는다. 그러면 여자가 그 뒤에서 휘어이라 답하며 발 한 걸음을 내딛는다. 남자들이 휘어어어어어어이, 여자들이 휘어이. 남녀 교대로 이 소리를 반복하면서 한 걸음 한 걸음 제단 앞까지 나아간다.

상주가 있는 곳까지 다다르면 행진을 멈추고 우케웨홈스(서로 위로한다)를 행하면서, 한마디 말할 때마다 오른발을 내딛는다. 아버지는 한마디 할 때마다 칼을 든 오른팔을 굽혔다 폈다 하며 땅을 밟았으므로 땅이 발등 부근까지 파여 있었다.

아버지의 동작에 맞추어 아버지 뒤를 따르는 남자들도 칼을 빼든 오른손을 앞으로 내밀며 땅을 밟는다. 여자들은 왼손에 지팡이를 들고 남자가 칼을 앞으로 내미는 것에 맞추어 오른쪽의 꽉 쥔 주먹을 앞으로 쑥 내밀면서 가느다란 소리를 낸다. 이것은 페우탄케라 하며 독특한 발성음이다. 위험을 알릴 때 진심으로 페우탄케를 하면 4킬로 거리에서도 들을 수 있다.

여자들의 동작도 박력 있으며, 아베츠 계곡의 **'모네'** 아주머니가 왼손에 지팡이를 들고 몸을 뒤로 젖혔다가 세게 주먹 쥔 손을 쑥 앞으로 내밀 때 모습은 악마라도 들이받을 것 같은 힘이 넘쳐흘렀다.

선두에 서 있는 아버지가 한마디 하면 여자들이 휘어이라 응답했다.

왓카시카무이 (물의 신) 휘어이

에코로이워로타 (그 마당에서) 훠어이

타판페네노 (이처럼) 훠어이

치카투웬테 (부끄러운 생각이) 훠어이

우안롯카투 (드는 것은) 훠어이

라고 길게 이어졌다. 이것이 바로 우이웬테 장례식이다.

이 어구(語句)는 모두 즉흥으로 행하는 것으로 역시 상당한 웅변이 없으면 이 역할은 수행할 수 없다. 평상시 존경하지 않던 아버지였는데, 이 날만은 '내 아버지는 훌륭한 사람이구나' 하고 어린 마음에 자랑스러운 기분이 들었다.

그날 어두운 밤길을 걸으며 집으로 돌아오는 길에, 아버지는 내게 "시즈나이 사람들의 말투는 이러이러했다"며 커다란 소리로 흉내내면서 유쾌해하셨다. 이때 아버지의 나이 갓 마흔이었다. 내가 자라 어른이 된 후에야 비로소 나는 '역시 아버지는 아이누 파웨트(아이누풍의 웅변가)였구나' 하고 생각하게 되었다.

타관에 돈벌이하러 간 소년

　먹을 음식이 모자라고 입는 옷이 궁핍한 생활을 하면서 소학교에 다니는 것보다 일찍 학교를 끝내고 일하러 가고 싶다는 생각만을 하면서 학교에 다녔다.

　나는 1939년 3월 니부타니 소학교 제40회 졸업생으로 학업을 수료했다. 경제적으로 유복한 집안의 동급생 몇 명은 비라토리에 있는 고등소학교(高等小學校)로 진학했지만, 나는 고등과에 가고 싶다고는 전혀 생각하지 않았다. 아니 애초부터 포기하고 있었을지도 모른다.

　그해 4월 10일 졸업하고 불과 2주일 정도밖에 지나지 않았는데, 나는 조림(造林) 일꾼으로 산에 있는 노무자 합숙소로 갔다. 합숙소에 가기 전 산에서 일하는 데 필요한 버선 모양의 노동자용 작업화, 도시락 등을 부근 잡화점에서 전표로 사고, 내가 덮고 잘 이불을 짊어지고 집을 떠났다. 이때 나는 만 열두 살이었다. 소학교를 막 끝낸 어린이에게 산 일꾼일은 그리 만만한 게 아닌데 나를 포함한 다섯 명의 동급생이 합숙소로 떠났다. 가이자와 켄지로, 가이자와 케이지, 가이자와 츠네오, 니다니 소우자부로, 그리고 나이다.

처음에 간 합숙소는 니부타니에서 그리 멀지 않은 칸칸 개울 상류에 있는 우라카와 영림서(營林署)의 조림(造林) 합숙소였다. 합숙소는 너비 3칸(약 5.4미터), 길이 30칸(약 54미터) 정도의 가늘고 긴 건물로 붉은 나무결로 지붕을 얹고 판자로 에워싸여 있었다. 건물의 중앙에는 너비 약 1.8미터의 토방이 맞은편 끝으로 통해 있고, 그 양쪽에 '돗자리'가 깔려 있었다. 돗자리 한 장이 한 사람의 잠자리였다.

긴 토방의 두세 곳에 모닥불이 있고 몇 명씩 젖은 옷을 말리거나 몸을 따뜻하게 덥히기도 했다.

합숙소에 몸집이 큰 사람은 없었지만 '우라카와 영림서 조림인부, 가야노 시게루. 일당 1엔 30전'으로 씌어 있는 사령장을 받고 기뻐했다.

사령장을 건네준 영림서 직원은 미나이 료우조〔藥袋亮三〕라는 사람으로 인부들은 그 사람을 '나리'라 불렀다.

처음 한 일은 '뿌리밟기'라 하여 지난해 가을에 식림한 묘목 밑둥의 흙을 밟아 단단하게 굳히는 일이다. 겨울 동안 흙이 얼어 묘목 밑둥의 흙이 수북하게 올라와 불안정해진 나무를 다져 주는 일이었다. 이 일은 우리같은 어린아이 몸무게가 가장 적합하다고 한다. 소나무 묘목의 높이 20-30센티미터로 자란 심을 손가락 끝으로 가볍게 잡고 뿌리 주변에 양발을 얹어 흙을 꾹꾹 밟았다.

그 작업의 옷차림은 '짧은 작업복' 같은 옷을 입고 허리에 손도끼를 차고 다리에는 산에서 차는 각반, 그리고 발에는 고무 부분이 반짝이는 검은 에나멜을 칠한 새 고무 냄새가 나는 작업화……. 그것은 내 어린 시절부터 동경해 왔던 모습이었다.

작업 시간은 아침 5시 30분부터 저녁 5시 30분까지. 9시에 15분 휴식, 점심 때 1시간, 3시에 15분간 휴식, 정각 10시간 30분 일했다.

식사는 하얀 쌀밥으로, 너무도 맛있었다. 된장국은 소위 '거울국'으로 야채 하나 없이 멀게 자기 얼굴이 국그릇에 확실히 비쳤다. 이 식사 비용이 하루 27전이었다. 반찬 비용은 전부 개인 지불이라 합숙소에서 부식물은 일체 나오지 않았다. 나온다 해도 생된장 정도였다. 이것은 체력을 저하시켜 병들기에 적합했다.

우리 마을의 가이자와 모헤이키치라는 사람이 조림 일꾼으로 와서 병이 들어 죽을 때 "나는 조림 일꾼을 하다 병들었다. 자식들은 절대로 조림지로 보내지 마라"라고 아내에게 유언을 했다. 그후 아들 데루미치가 아버지 유언의 계율을 깨고 조림 일꾼으로 들어갔다가 그 아들도 병들어 죽는 것을 보았다.

나는 소학교를 막 졸업한 어린이인 탓에 "된장국에 **무**를 넣어 주세요, 지금 가다랑어 **'얇게 깎은 것'** (생가다랑어의 그림이 그려져 있는 보물선 표시가 있는 가다랑어 얇게 깎은 것)이 한 상자 27,8전이니, 서른 명의 인부가 1인당 식비로 1전 조금 더 내면 된다"고 제안했다.

그런데 서른 명이나 되는 어른은 한 사람도 내 제안을 들어 주지 않고 어린 주제에 건방진 소리하지 말라고 꾸짖을 뿐이었다.

합숙소의 병, 그것은 영양실조로 생기는 늑막염과 폐결핵이었다. 누군가가 가슴이 아프다고 하면, 그 사람이 없는 뒤에서 어른들은,

"저놈도 걸렸구만, 결국 떠나겠지"라며 서로 수근거렸다.

당시 결핵에 걸렸다 하면 사형선고나 마찬가지였다.

그럼 합숙소 일 따위는 그만두면 되지 않은가 하겠지만, 아이누의 어른 입장이 되면, 집에는 배고픈 자식들이 줄줄이 기다리는 데다 일거리도 없던 시절이라, 어린 내 생각처럼 그리 간단하게 일을 그만둘 수 없었을 것이다.

나는 그렇게 병든 사람들을 보며 두려워졌고 "조림일은 영원히 하지 말아야지" 하고 생각하게 되었다.

게다가 내가 조림(造林)을 꺼린 적이 있다.

묘목밟기가 끝나고 묘목 심는 일을 하라고 했다. 나무심기는 어른 아이 구별없이 하루 3백50그루가 할당되었다. 아침에 할당된 4년생, 5년생 묘목 3백50그루를 짊어지고 가는 아이들의 모습은, 등에 짊어진 짐이 아이들 키보다 훨씬 커서 마치 묘목에 발이라도 달려 걸어가는 것처럼 보였다.

영림서(營林署) 직원은 1아르(are, 면적 측정의 기본이 되는 미터법의 단위. 1백 제곱미터에 해당. 아르의 1백 배를 뜻하는 헥타르(ha)는 토지 측정의 주요 단위로 널리 사용)에 3백 그루 심으라고 하며 1아르당 딱 맞추어 묘목을 내주었다. 산이므로 평지와 달리 암석도 있고 굵은 나무뿌리도 있으므로 서에서 요구하는 수의 묘목을 심기란 불가능했다. 묘목이 남아서도 안 되었다.

그러면 어른들은 비료로 쓴다며 나무 심을 구멍을 깊이 파서

영림서 직원이 보이지 않을 때 묘목을 두세 그루 묻은 다음 그 위에 한 그루 심는 식이었다. 4, 5년 걸려 키운 훌륭한 묘목에 너무 못할 짓을 한다는 생각이 들었다.

그렇다고 정직하게 심으면 어른들의 꾸지람을 듣는다. 내 자루에 담긴 묘목은 좀체 줄어들지 않아, 나도 어쩔 수 없이 구멍을 깊이 파서 비료로 쓸 나무 두세 그루를 묻고 그 위에 나무를 심는 '비료로 쓴다'는 말을 배우게 되었다.

그렇게 하면서 어른에 대한 불신감은 더욱 심해져 진짜 나무 심는 일이 싫어졌다.

그후 작업장에서는 풀베기, 민유림과 관유림의 경계에 방화선(防火線)베기 등의 일을 하며 가을을 맞았다. 나는 1939년 '여름산' 일만 했을 뿐 조림일은 그만두었다.

이번에는 혼자 할 수 있는 일이 하고 싶어 산 속에서 일하는 산사람(나무꾼)의 제자로 들어갔다. 스승은 숙모의 배우자인 오이시가와 세이키치라는 사람이다. 장소는 몬베츠 강의 상류 하트나이 냇가였다.

나무꾼일은 스스로 좋아서 한 만큼 마음대로 일할 수 있었으므로 매우 즐거운 일로 기억된다. 처음에는 굵은 통나무를 토막으로 잘랐다. 그후 톱줄을 가는 법, 나무의 뿌리를 넘어뜨릴 때 넘어지는 쪽 아래측을 큰 도끼로 찍어내는 방법 등 세이키치 씨는 여러 가지 나무꾼 일을 가르쳐 주었다.

나무꾼의 제자 생활은 1939년 가을부터 1941년 봄까지 1년 6개월 가량이었다. 톱날을 능숙하게 갈 수 있게 되었지만 아직 한 사람 몫을 당당하게 해내지는 못했다.

그동안 나는 아주 슬픈 일을 겪었다. 1940년 7월 21일 둘째 형 유키오가 폐결핵으로 사망했다. 소학교도 제대로 다니지 못하고 어렸을 적부터 한 집안의 생계를 도우며 힘들게 일했는데 아무 보상도 받지 못한 채 죽어버렸다. 나이 스물한 살.

1940년 3월과 4월의 두 달간 산에 눈이 내려 나무꾼일을 하지 못하는 계절에 나는 누이 도시코와 니부타니에서 멀리 떨어진 일본해 쪽에 있는 루모이의 청어장으로 일하러 갔다. 청어장이라 해도 바다로 나간 것이 아니라 항구 북쪽에 있던 가네분 하시모토〔文 橋本〕라는 청어 제조공장에서 청어를 가공하는 일이었다.

도중에 누나가 병들어 먼저 니부타니로 돌아갔지만, 나는 고용 기한을 채울 때까지 일하고 돌아왔다. 만 열세 살이었다.

이 무렵 나는 단 한 달이었지만 다른 집의 밥을 먹은 적이 있다. 집 근처에 개울이 있던 샤모의 집에서 말을 돌보는 목동일을 했다. 그 집의 할아버지가 아주 심술궂었다.

식사할 때 밥 한 그릇을 비우고 두 그릇째 먹으려 하면, 할아버지는 '주전자'를 들고 일어나 쉰 목소리로 나와 같은 나이의 N이라는 손자에게 "N야, 물 떠오너라, N, 물 떠오너라"라고 말하면서 주전자를 내 쪽으로 밀어 놓는다. 나는 배가 고팠으므로 두 그릇째의 밥을 재촉했지만 세번째는 할아버지의 주전자를 들고 밀려나야 했다.

매일매일 밥을 먹을 때마다 그 쉰 목소리로 "N야, 물 떠오너라, 물 떠오너라" 했다. 나는 너무 싫어 빨리 집으로 돌아와 버렸다.

단 한 달간이었지만 남의 밥을 먹는 것이 어떤 것인지 절실히 깨닫고 '열심히 일해서 합숙소 십장이 돼야지' 하고 결심을 다졌다.

1941년 봄, 집으로 돌아왔을 무렵 홋카이도청이 측량 인부 한 사람을 구한다고 했다. 이 일은 산 속 깊은 원시림을 헤치고 들어가 관유림과 민유림의 경계선을 확실하게 측량하는 일이다. 비가 와서 일을 쉬어도 하루 일당 2엔 80전을 받을 수 있었으므로, 나는 나무꾼의 제자를 그만두고 측량 인부가 되었다. 측량 팀은 도청에서 온 직원으로 스물대여섯 살 스가야마 이사오라는 사관학교 출신 소위, 이름은 잊었지만 무라이 씨, 후지시마 씨, 후쿠시마 씨, 사카모토 산타로 씨, 나를 합해 여섯 명이었다.

장소는 니이카츠부〔新冠〕 강 상류의 누칸라이라는 곳이다. 이 일대는 도끼로 한 번 찍혀 본 적 없는 원시림이 펼쳐진 곳으로, 측량 인부가 산에 들어가는 것조차 힘들었다. 전원이 산에서 잠잘 천막 같은 침구, 쌀과 된장 같은 식량, 강에서 곤들매기(Dolly Varden trout, 연어과의 민물고기. 몸길이 30센티미터 가량. 몸은 가늘고 길며 옆으로 납작함)와 민물송어를 잡아 반찬으로 먹기 위한 낚시도구를 갖고 갔다.

길 안내는 사카모토 산타로 씨라는 아이누인이었다. 사카모토 씨는 가을부터 겨울에 걸쳐 니이가츠부 강 상류에 있는 산에서 수렵을 하는 사람으로 그곳 지형을 잘 알고 있었다. 마을 사람들은 사카모토 씨를 산타로 아차포라 부르고 있었다. 아차포란 아이누어로 작은아버지라는 애칭이다.

작업은 임내선(林內線)이라 하여 관유림 속의 개울에서 봉우리까지, 봉우리에서 봉우리까지 전망을 살피고 벌채하여 그 안에 측지(測地) 표시용 막대기를 세우고 빨간 페인트칠을 했다. 물론 그 관유림의 면적을 재는 일도 했다.

나는 이 측량 인부 일을 1941년 5월부터 10월, 1942년 5월부터 10월로 두 해 여름 12개월 동안 했다. 이 12개월의 체험은 아이누 민족의 한 사람으로 귀중한 것이었다. 그때까지는 아버지에게 여러 가지를 배웠지만, 이 12개월 동안 수렵 민족 아이누를 이해하는 마음을 배웠다.

가르쳐 준 사람은 사카모토 산타로, 산타로 아챠포이다. 가르쳐 준 것을 생각나는 대로 써 나가려 한다.

대량으로 잡은 송어 운반법. 니이카츠부 강 상류에는 8월말에 송어가 많이 거슬러 올라온다. 송어를 잡을 때는 하류 쪽에서 시작하여 잡은 송어는 강가에 놓아두고 점점 상류로 거슬러 올라간다. 필요한 만큼의 수가 채워지면 산머루 덩굴을 한 개 잘라 그 덩굴을 먼저 잡은 송어의 아가미에 끼워 강 속에서 당기며 걷는다. 그렇게 하면 혼자서 삼사십 마리의 송어를 운반할 수 있다. 만약 송어를 혼자 짊어지면 고작해야 열 마리 정도이다.

산란을 위해 구멍을 파고 있는 송어는 등이 닿으면 달아나지만 배 쪽이 닿아도 달아나지 않는다. 양손에 목장갑을 끼고 손가락을 펴 송어 배밑으로 손을 넣어 잡아 강가로 던진다.

가을이 깊어지고 산란이 끝난 송어 홋차리는 강가로 많이 올라온다. 곰은 홋차리의 몸을 먹지 않고 빙두(氷頭, 코 위로 연골

이 있고 기름이 있는 부분) 부분만을 한 입씩 덥석덥석 먹으며 걷는다. 산란을 끝낸 송어는 빙두 부분만 지방이 있다는 것을 곰은 알고 있다. 빙두만 사라진 송어가 많이 보이면 곰에 주의 해야 한다.

산에서 노숙할 경우 잠잘 오두막을 만들 때 재료로 잎이 붙어 있는 소나무가지가 좋고, 머위 잎에 청나래고사리가 좋으며, 계수나무 껍질이 좋다. 오두막은 이렇게 만든다.

나무가 밑을 향해 쓰러져 있는 곳에는 여름이건 겨울이건 노숙할 오두막을 만들지 마라. 그런 곳은 겨울에 눈사태가 있었던 곳이며 비가 올 때도 위험하다.

산에서 길을 잃어 서로 이름을 부를 때는 산타로나 시게루 같이 진짜 이름을 불러서는 안 된다. 도깨비가 산타로와 시게루로 변신하게 된다. 그런 때는 서로 캇치, 캇치 하고 부른다.

(캇치란 말은 아이누어가 아니다. 개울의 종점인 봉우리에 가까운 곳을 의미하는 산에서 일하는 사람 특유의 암호일지도 모른다.)

이외에도 아이누 특유의 마레프라는 고기잡이 갈고리 사용법 등 여러 가지를 산타로 아차포에게 배웠다.

어느 날 산타로 아차포는 겨울철에 사용하는 사냥터의 오두막으로 나를 안내했다. 사냥 오두막은 누칸라이 계곡의 맞은편 즉 니이카츠부의 왼쪽 연안에 있으며 지붕도 담도 계수나무 껍질로 지어져 있었다. 오두막 바로 곁에 가지가 상당히 굵은 한 그루의 아카다모 나무의 굵은 가지 밑둥이 1미터 정도 텅 빈 공간이 파여 있었다. 사카모토 아차포는 그 앞으로 나를 데리고 가 먹을 것이 없어 힘들 때는 이 빈 공간을 더듬으면 정미해서

한 홉 정도를 병에 담아 넣어둔 피가 몇 개 숨겨져 있다. 병 입구를 양초로 밀봉했으므로 습기가 들어가지 않아 이 피를 먹으면 며칠간은 살아남을 수 있다고 했다.

마지막으로 한마디 "너는 아이누인이니 가르쳐 주는 것이다. 이 말은 아무에게도 하지 말아라" 했다. 나는 수렵 민족의 지혜, 터득하는 방법, 만드는 방법 같은 것을 배웠으므로 마음 깊이 감사하며 고개를 끄덕였다(나는 그후 산타로 아차포가 병 안에 피를 담아 소중하게 밀봉해 둔 식량의 도움을 받은 적은 없었다).

산에서 큰곰을 본 것도 이 측량 인부일을 할 때였다. 1931년 9월 3일 인부의 책임자인 무라이 씨와 점심 식사 후 낮잠을 자고 있으니 무라이 씨가 나를 흔들어 깨웠다.

"시게루, 시게루, 곰이야……."

설마 하고 생각하며 벌떡 상반신을 일으키니 바로 앞 불과 7,8미터 떨어진 지점에 큰곰 한 마리가 가문비나무가지에 한쪽 앞다리를 걸쳐 놓듯 서서 이쪽을 보고 있는 것이다.

산이 깊어 곰이 있다는 것을 알고 있었지만, 설마 눈앞에 나타나리라고는 생각지도 못했다. 사람 소리나 낯선 소리가 들리면 대개 곰이 먼저 사라져 주는데, 그때는 공교롭게도 두 사람 모두 낮잠을 자느라 아무 소리도 나지 않았으므로 인간이 있다는 것을 깨닫지 못한 모양이다. 곰쪽에서 보면 자기가 다니는 길에 본 적도 없는 녀석이 잠자고 있었으므로 괴이하게 여겨 멈춰 서서 보고 있었을 것이다.

큰곰을 본 순간 '아, 귀엽다. 셰퍼드 개 얼굴과 비슷하네' 하고 생각했지만, 이 곰이 인간을 때려 죽일 수도 있고, 잡아먹을

수 있는 사나운 동물이라 생각하는 순간 엉덩방아를 찧을 (앉아 있었으므로 엉덩방아를 찧었을 리 없지만) 것만 같았다.

가만히 이쪽을 보고 있던 곰은 나무에 올려 놓았던 앞다리를 살짝 내려놓고 수풀 쪽으로 쉭, 쉭 하며 들어갔다.

한참 동안 무라이 씨와 나는 아무 말도 못한 채 떨고 있다가 이윽고 얼굴을 마주 보며 "아, 살았다" 하고 눈과 눈을 맞추었다.

나는 1939년부터 1959년까지 20년간 나무꾼 생활을 했는데, 산에서 큰곰을 만난 적은 그 전에도 이후에도 한 번밖에 없다.

이 측량 인부를 하고 있던 시기에 또 슬픈 사건이 일어났다. 병을 얻은 큰형의 죽음이다. 형이 죽은 것은 1931년 9월 27일, 산에 들어가 있던 내가 형의 부고를 들은 것은 10월 중순경이었다. 둘째형 때도 그러했지만 나는 이때도 형의 임종을 보지 못했다.

1년 전 7월에 폐결핵으로 둘째아들을 잃은 부모님은 1년 2개월만에 장남을 같은 병으로 잃었다. 두 아들을 먼저 보낸 부모님의 한탄은 얼마나 컸을까.

큰형 가츠미는 1938년 징병검사에서 갑종 합격, 1939년 여름 아사히카와〔旭川〕 제7사단에 현역 입영하여 바로 중국 대륙으로 파견되었다. 1939년부터 1941년 봄까지 중국의 전쟁터에 있는 동안 결핵에 걸려 일본으로 송환되어 왔다. 그대로 치료 생활을 계속하다 결국 치유하지 못하고 죽은 것이다. 향년 스물다섯이었다.

큰형이 죽고 작은형이 죽고 결국 셋째아들인 내가 장남이 되어 호적은 그대로 둔 채 가이자와 집안의 뒤를 잇게 되었다.

큰형이 죽은 후 아무런 경황없이 우리 일가족은 숯굽는 일을 하려고 죽은 형의 친구였던 사토 키쿠타로 씨를 의지하여 오사치나이[長知內] 계곡이 있는 산으로 들어갔다. 두 아들의 치료에 들어간 비용으로 집안 사정이 매우 어려웠으므로 가족 모두 일하지 않으면 먹고살기 어려워 숯을 구우러 갔던 것이다.

나는 1932년 여름은 측량 인부로 나갔지만 어린 동생들만으로 집안의 숯굽는 일이 어려울 것으로 생각하여 가을부터 합류하여 전력을 다해 숯굽는 일에 매진했다.

이 무렵 숯굽는 임금은 8관(약 30킬로)들이 한 가마니가 1엔 35전 가량이었다. 약 3.6미터×약 5.4미터 숯가마에서 한 번에 50가마 전후를 만드는데, 한 달간 두 가마밖에 굽지 못하므로 한 달 굽는 비용은 1백30엔 정도이다. 그러나 한 달에 두 가마를 굽기란 매우 힘든 일이었다.

1931년 12월 8일 '태평양 전쟁'의 발발도 숯굽는 일을 하고 있을 때 들었다. 대포의 포신(砲身)에 담금질을 할 때는 숯이 꼭 필요하다던가, 추운 만주의 최전선에 있는 병사들이 생산한 숯에 의지하고 있다는 부모님의 부추김을 들으며 일했다.

대륙에서 돌아온 신문기자가 추운 만주 이야기를 들려주거나, 이케다 공작이 숯가마를 시찰하며 숯쟁이를 격려하러 일부러 산까지 오는 등 깊은 산 숯굽는 오두막까지 전쟁의 냄새가 전해졌다.

나는 숯굽는 일을 하면서 한 달에 몇 번 후레나이 청년학교에 강제로 보내져 군사 교련을 받았다. 수영 훈련중 소노키 히데오라는 사람이 눈앞에서 빠져 죽었다.

숯굽는 일은 우리 집 안에서 행했으므로 할머니 데캇테도 함께 일했다. 그러므로 내 주변은 평상시 아이누어를 사용하고 있었다. 책읽기를 좋아하는 내가 어두침침한 램프 밑에서 독서를 하고 있으면 할머니는 내 이름을 부르며 우에페케레(옛날 이야기)를 들려주었다. 할머니는 그 무렵 귀가 어두워 내가 큰 소리로 "예" 하고 대답하면 바로 이야기를 시작하셨다. 그 무렵 나는 책을 읽는 쪽이 재미있었으므로 할머니의 옛날 이야기는 한 손에 책을 들고 한 귀로 듣고 한 귀로 흘려 버리는 식이어서 이야기가 끝나는 것을 깨닫지 못할 때가 있었다. 이야기가 끝나면 "히오이 오이(고맙습니다)"라고 인사를 하는 습관이 있었으므로, 책에 열중하다 이야기가 끝난 것을 모르고 인사를 하지 않아 꾸지람을 들었다.

1933년 겨울이 가까워지자 아직 돌도 돌아오지 않은 막내동생 데루이치가 한밤중에 열이 나 중태에 빠졌다. 비라토리 병원까지는 20킬로미터 정도 떨어져 있었다. 지금처럼 자동차가 있는 것도 아니라 깜깜한 산길을 가기란 그리 쉬운 일이 아니었다. 아버지는 "아이누식 신(神)을 만들려 하니 홰나무를 베어 오라"고 내게 말씀하셨다. 자식이 죽어가는 것을 가만히 보고 있는 것보다 마지막 수단으로 신에게 매달리려는 생각이었을 것이다. 소학교에 다니던 바로 밑의 동생 스에이치와 둘이 어두운 숲 속으로 들어가 홰나무 한 그루를 베어 왔다. 지름 6센티미터 정도에 길이 45센티미터 가량 되는 것이었을까.

아버지는 홰나무로 몸을, 버드나무로 이나우(나무로 깎은 제구)를 깎아 급히 신을 만들어 그 신에게 커다란 목소리로 데루이치의 병을 고쳐 달라고 부탁했다.

데루이치는 신의 가호가 있었는지 아침에는 기적적으로 열이 내려가 건강해졌다. 너무도 진지하게 신에게 부탁했기 때문에 신이 아버지의 부탁을 들어 준 것 같았다.

귀가 먼 할머니는 아침에 일어나자마자 "잘못 들었는지 모르지만, 지난 밤 멀리서 카무이 오로이타츠(주문) 소리가 들려오는 것 같았다"고 하셨다. 어머니가 실은 이러이러한 일이 있었다고 말씀드리자, 할머니는 열이 내린 데루이치를 보며 "건강해져서 좋구나"라며 아이누어로 기뻐하셨다.

아버지는 오래된 지혜로움으로 이미 당당한 아이누인다워졌다.

겨울 아침 여느 때처럼 숯구울 재목을 베러 산으로 가니 전날 깜박 잊고 버려둔 톱과 도끼 같은 도구가 여기저기 흩어져 있었다. 잘 살펴보니 여우의 소행으로 부근의 눈 위에 발자국이 있을 뿐만 아니라 톱과 도끼자루에 가느다란 이빨자국까지 찍혀져 있었다.

그 모습을 본 아버지는 아무 말씀도 하지 않고 주변에서 마른가지를 모아와 거기에 불을 질렀다. 마른가지가 빨간 불꽃이 일며 타들어 가자, 불 곁에 털썩하고 책상다리를 하고 앉아 천천히 온가미를 시작했다. 온가미란 아이누 특유의 예배 방식으로 양쪽 무릎을 몸의 양쪽 옆구리에 붙이고 두 팔을 앞으로 내밀어 손바닥을 마주 붙여 손가락을 펴고 손가락과 손가락을 마주 비비며 손바닥을 위로 향하여 천천히 올렸다 내렸다 하면서 아이누어로 기도를 하는 것이다.

"아이누네얏카 카무이네얏카 우레시파네마눕 에페카쿠스 카무이이오로소 이오로소카시 코에찻챠리 쿠키시리 오리팟라무 코요이라프 소모네코로카 키키리코인넵 쿠네와쿠이키시리네 나 이테키이루시카와 엔코레얀."

(아이누인 저는 자식을 키우고 있으므로 돈벌어야 할 욕심 때문에 이렇게 조용한 산 속 깊은 곳까지 들어와 나무를 베어 산에서 살고 계신 여러 신들의 주거와 정원을 황폐하게 만드는 것을 진심으로 마음 아프게 생각하고 있습니다. 하지만 인간이나 신은 똑같으니 배고프게 살지 않으려고 조용한 산에 와서 일해야 합니다. 신이시여 그 점을 헤아리시고 아무쪼록 아이누의 행위를 용서해 주십시오.)

아버지는 눈앞에서 타고 있는 불길 속에 깃들어 있는 불의 신을 향해 위와 같이 아이누 특유의 예배 방식인 온가미를 시작했다. 그런 다음 다시,

"신이 이처럼 아이누의 도구를 흩어 놓은 것은 분명 어떤 변고의 조짐을 몰래 아이누에게만 가르쳐 주는 것으로 생각합니다. 오늘은 일을 쉬고 근신할 터이니 아무쪼록 우리들을 지켜 주십시오"라고 말하면서 흩어져 있는 도구를 모아 그것을 짊어지고 서둘러 숯굽는 오두막으로 돌아왔다.

아이누는 정리해두었던 도구뿐만 아니라 산에서 수렵을 위한 임시 오두막 등이 여우에게 파손되었을 때는 '카무이 이피리마(신의 귓속말)' 이라 하여 위험한 일이 있다며 신이 살짝 가르쳐 준 것이므로 주의해야 한다며 경계한다.

그로부터 얼마 안 되어 근처 고가와 씨의 숯굽는 가마의 지붕에 불이나 지붕이 불탔고, 가마도 떨어졌다. 아버지는 아무 말씀도 하지 않았지만 "역시……" 하는 듯한 표정이었다.

그런 숯굽는 생활을 하면서 가을에는 오사치나이[長知內] 계곡 안쪽에서 큰강까지 연어잡이를 하거나, 겨울에 덫을 놓아 토끼를 잡거나 총으로 꿩을 쏘아 잡기도 했다. 수렵 민족다운 생활을 할 수 있었던 때는 이 오사치나이 시절이었다 생각한다.

그러나 중요한 숯굽는 일은 시원찮았다. 집 안에서 얼굴이 새까매지도록 일해도 돈 구경을 전혀 할 수가 없었다. 뭐랄까 우리들은 교묘하게 착취당하고 있었던 것이다. 나는 숯굽는 일이 싫어서 견딜 수가 없었다.

우리집뿐만 아니라 당시 숯굽는 일을 하던 곳은 어디나 사정은 비슷했다. 나의 가족은 그나마 나은 편이었고, 조상 때부터 숯굽는 생활을 해온 사람은 세상에 태어난 후 자기 집에서 거주한 적이 없고 늘 숯굽는 오두막 생활이었다. 동료 숯굽는 아이 가운데, "좋겠다. 가이자와(아버지의 성) 씨 가족은 돌아갈 집이 있어서"라며 부러워하는 말을 들었다.

1944년 10월 우리 일가는 숯굽는 일을 그만두고 니부타니 집으로 돌아왔다. 약 3년 만의 고향이었다. 할머니는 너무도 기뻐하면서 집기둥과 이부자리를 쓰다듬으면서,

"아아, 좋구나. 이젠 내가 태어나고 자란 마을에서 죽을 수 있네"라며 눈물을 흘리며 기뻐하셨다.

그 말을 증명이라도 하듯 할머니는 그로부터 두 달 후 1945년 1월 4일 우연히 가벼운 감기로 자리에 눕는가 싶더니 자는

듯이 돌아가셨다. 호적상으로 아흔다섯 살이었으나 사실은 백 살이 넘었다고 한다.

앞에서도 서술했지만 할머니는 어렸을 적 내게 제1급의 가정 교사였다. 할머니는 손자인 나를 아이누어로 우에페케레와 카무이 유카레를 들려줄 수 있는 이야기 상대로 생각했을지도 모른다.

(지금 생각해 보면, 할머니가 나에게 듬뿍 건네준 것은 아이누 민족의 커다란 보물이었다.)

할머니가 돌아가신 해인 1945년 8월 태평양 전쟁도 끝나갈 무렵 모든 물자는 배급제도로 이루어져 생활도 꽤 궁핍한 시절 이었지만, 마을의 주요 사람들의 노력으로 니부타니에 처음으로 전기가 들어왔다. 집 안에 불쑥 한 개 매달려 있는 전등에 빛이 들어왔을 때 우리들은 뛸 듯이 기뻐했던 것 같다.

같은 해 2월 나는 징병검사를 앞당겨 받았다. 그때 징병검사관은 다음과 같이 훈시(訓示)를 했다.

"일본은 지금 새로운 병기를 필요로 하고 있다. 너희들이 폭탄을 짊어지고 적에게 뛰어드는 것이 가장 강력하고 새로운 병기(兵器)이다. 한 사람 한 사람이 신병기가 될 수 있는가, 될 수 있는 사람은 손을 들라."

"옛!"

우리들은 일제히 손을 들고 신병기가 될 것을 맹세했다.

검사 결과는 을종 합격. 바로 입영하지 않아도 좋을 예비역이 었다. 봄이 되자 B29 대공습과 섬 여기저기에서 일본군이 옥쇄(玉碎)했다는 신문기사가 늘어났고, 5월말 나는 정신대(挺身

隊)에 군속(軍屬)으로 징용되었다. 입대한 곳은 가부라 15306
부대로 대장은 시무라 타로우 소위였다. 장소는 무로란(室蘭)
의 북쪽 대지, 하츠쵸우다이라(八町平)라는 곳의 비행장이었
다. 그곳 비행장의 인부로 징용되었다.

'짚신'을 신고 있던가 '맨발,' 사정이 조금 나을 때는 새끼줄
로 묶은 낡은 작업화를 신고 흙을 실은 광차(鑛車, 광산에서 캐
낸 광석을 실어 나르는 지붕 없는 화차(貨車). 광석차)를 밀었다.
그때 광차를 미는 틈틈이 우리들 정신대원 서른여 명은 와니시
(輪西)의 선창으로 다른 일을 하러 나가기도 했다. 가는 도중
이삼십 명의 중국인 포로가 일하고 있는 곳을 지나갔다. 그러면
그들은 우리들의 발을 손가락질하고 비웃으며 왁자지껄 떠들어
댔다. 아마 우리들이 신고 있는 것을 보고 일본도 약하다고 말
했을지도 모른다. 그 일이 있고 얼마 되지 않아 일본은 패전을
맞았다.

패전하기 한 달 전 1945년 7월 14일 무로란은 미군의 함포사
격을 받고, 미공군《그라만》함재기(艦載機)의 기총소사(機銃掃
射, 항공기의 기관총으로 적을 비로 쓸듯이 사격하는 일)를 당했
다. 그날 내가 있던 곳은 와니시의 이노우에 공원에 설치중인
막사 안이었다. 날씨는 흐리고 아침 8시 조금 지나면서부터 굉
장한 소리로 쿵-, 쿵- 하며 포탄이 작렬하는 소리가 울렸다.
처음에는 무슨 소리인지 확실히 몰랐지만 가사마츠라는 군조가
함포 사격이라 가르쳐 주었다.

우리들은 '다코츠보'(문어나 낙지를 잡는 데 쓰는 항아리)로 불
리는 피난용 굴로 들어갔다. 한 개의 다코츠보에 한 사람이 들

어가도록 지시받았지만, 2인용 다코츠보를 파고 있었으므로 죽으면 함께 죽자며 친구 니부타니 소지로와 같이 들어갔다. 구멍 안에서 서로 마주 보고 앉아 모포를 개켜 머리에 쓰고 가만히 움직이지 않았다. 쿵— 쿵—, 무시무시한 소리가 나자 굴의 흙벽이 무릎 위로 툭툭 떨어져 내렸다.

하사관과 병사가 이따금 '다코츠보'에서 나와 포탄 방향을 살피는 것 같고, 큰 소리로 탄도는 이쪽을 향해 있지 않지만 다코츠보에서 나오지 말라고 연락해 주었다. 함포 사격은 정오 무렵까지 이어졌던 것으로 생각된다.

다음날 아침 미공군《그라만》에 의한 기총소사(機銃掃射)는, 때마침 작업중이라 다코츠보로 숨을 틈도 없을 만큼 급작스러웠다. 피웅, 드드득드드득, 이따금이긴 하지만 기겁하듯이 빨리 달리지 않고 삽을 머리에 대고 떡갈나무 밑둥에 찰싹 달라붙었다.

친구 니부타니 소지로가 감기로 막사에 누워 있었으므로《그라만》이 날아가기를 기다렸다가 막사로 달려갔다. 잠자고 있던 소지로를 어깨에 매고 잡아 끌듯이 다코츠보로 굴러 들어갔다.

파상 공격을 가해오던 그라만에게 일본군은 한 발도 응수하지 않았다. 폭음 틈틈이 다코츠보에서 머리를 쏙 내밀고 보면 이노우에 공원 바로 밑으로 바라보이는 무로란 항구에 정박해 있던 일본의 순양함인지 구축함에 그라만이 공습을 가하고 있었다. 일본의 함대도 응수했지만 그라만은 한 대도 추락하지 않았다. 그러다 함대에 불이 나 연기에 휩싸이자 이노우에 공원 방향에서는 보이지 않게 되었다.

8월 15일.

우리들은 여느 때와 마찬가지로 광차를 밀고 있었다. 점심 때가 지나가 비행장 끝에서 라디오 방송을 듣고 돌아온 하사관이, "오늘 작업은 이것으로 끝낸다"라며 전원 막사로 돌아가라고 명령을 내렸다. 무슨 일인가 생각하면서 막사로 돌아와 있으니 바깥으로 나와 정렬하라고 했다. 2백 명되는 우리들 군속(軍屬) 앞에서 부대장 시무라 소위는 "오늘은 전쟁에 패했다"고 보고하고, "폐하께서 우리들에게 마지막 남은 한 명의 병사까지 싸우라고 말씀해 주시는 쪽이 훨씬 기뻤을 터인데……"라고 울면서 말했다.

나는 그때 '설마 일본이 패했을 리 없어, 하지만 어쩌면 살아서 돌아갈 수 있을지도 모른다'는 생각만 했다. 부대장의 말만으로는 믿을 수 없었으므로, '끝까지 어쩌면……' 하고 생각했다.

그러나 패전은 확실했고 다음날부터 광차도 밀지 않고 부대 정리로 들어갔다. 일기를 쓰고 있던 자는 그 일기를 소각하라는 명령이 내려졌다. 전쟁의 기록을 증거로 남겨두면 미군에게 점령당했을 때 귀찮아진다는 것이다.

1941년부터 1945년 8월 14일까지 써오던 일기를 집어들어 내가 보는 눈앞에서 불태워 버렸다. 그것은 조림인부, 측량인부, 숯굽는 숯쟁이, 전쟁…… 힘든 나날의 연속을 기록해 오던 것이다. 내게는 전쟁보다 더 충격이었다. 그로부터 약 1년간 나는 일기 쓰기를 중단했다. 다시 쓰기 시작한 것은 1946년 5월 5일부터이다(지금 나의 반평생을 쓰고 있자니 그 일기가 남아 있었으면 하는 아쉬움이 남는다).

8월 24일 모포 한 장과 작업복으로 입던 군복 한 벌을 갖고 니부타니로 돌아왔다.

전쟁에 패함으로써 우리 아이누 마을에도 여러 가지 후유증이 남았다. 마을 사람 몇 명의 전사, 아버지가 돌아오지 않았다. 남편이 소식불명……. 고통은 남겨진 자들의 몫이었다.

동경하던 십장〔親方〕이 되어

이대로 마을에 있어도 먹을거리는 없고 어슬렁거리고 있어 봤자 별달리 할 일이 없었으므로, 목재소의 노무자 합숙소로 나가게 되었다. 히다카쵸〔日高町〕치사카〔千榮〕의 치로로 강에 있는 대나무 목재의 목재소이다. 여기서 두 달간 일했다.

니부타니에서는 자기 집 밭에서 피와 조를 자급자족하면서 살았는데, 전시중에 쌀 배급이 가능해져 쌀을 주식으로 하는 비율이 높아졌다. 하지만 설령 돈이 있어도 쌀도 의류도 생각처럼 쉽게 살 수 없었다.

1946년 5월 행상을 하고 있던 니부타니의 가이자와 마사요시 씨가 내게 행상 물품을 사들이는 하코다테〔函館〕에 가자고 했다. 나는 어린 동생들에게 뭔가 먹을 것을 마련해야겠다고 생각하던 중이라 어떤 일이라도 좋다며 마사요시 씨가 권하는 대로 하코다테에 갔다.

가서 보니 니부타니에서 갖고 있어도 물건이 없어 아무 쓸모가 없던 의료권〔衣料卷〕으로 의류를 살 수 있었다. 특히 어린이의 옷, 어른들이 입을 만한 셔츠 등 마을로 갖고 가면 사람들이 좋아할 만한 옷이 많이 있었다.

첫번째 하코다테행은 마사요시 씨의 조수였지만, 두번째부터 독립하여 마을의 의류표를 모아 원하는 물건을 구입해서 사왔다. 마을 사람들도 기뻐했고 나도 돈이 생겨 모두에게 도움이 되었다.

이 무렵 기나긴 전쟁으로 모든 물자가 부족했으므로, 의류뿐만 아니라 무엇이건 잘 팔렸다. 비올 때 입는 도롱이, 대나무로 엮은 소쿠리까지 잘 팔렸다.

나의 행상 범위는 사루 강 유역뿐만 아니라 몬베츠 강 유역, 그 맞은편 강 유역 식으로 점점 넓어져 갔다. 행상 범위는 확대되었으나 짊어진 물품이 많아진 것도 아니고 벌이가 많이 늘어난 것도 아니었다. 하지만 이 일 덕분에 쌀과 물물교환이 가능하여 우리 가족은 먹을거리가 좀 나아졌다.

나는 행상을 하면서 새 집을 지을 계획을 세웠다. 1944년에 숯굽는 일을 하다 니부타니로 되돌아왔을 때 처음으로 좋은 집을 지어야겠다는 생각을 했다. 집을 짓는 데 행상으로 번 돈으로는 어림없었으므로, 먼저 목재를 입수하기 위해 다음과 같은 것을 생각해 냈다.

니부타니의 강 맞은편 사루 강 오른쪽 연안의 타이케시 계곡에서 목탄을 굽고 있는 야마미치 마츠오 씨에게 부탁하여 숯굽는 일을 하루 도와주고 보수로 통나무를 2석 5두를 받기로 했다. 목재 1석(石)이란 두께 30센티미터×30센티미터, 길이 3미터되는 통나무를 말한다. 행상을 하는 틈틈이 목탄목을 채벌하여 결국 30석 정도의 통나무를 입수할 수 있었다.

예정대로라면 1947년 가을부터 짓기 시작해야 했다. 하지만 그해 11월 12일에 눈이 내리기 시작하여 18일에는 30센티미터 가까이 눈이 쌓였으므로 통나무를 가져올 시기를 놓쳐 건축을 포기해야 했다.

다음해 눈녹을 무렵부터 집을 짓기 시작하여 5월 8일 완성했다. 지붕은 억새의 띠로 잇고 흙으로 쌓아 올린 높은 대가 딸린 집이다. 14평(약 45평방미터)의 자그마하고 아담한 집이었는데, 그때까지 살던 집과는 비교가 되지 않을 정도로 훌륭했다.

그날의 날씨 맑음. 마을 사람 가운데 축하객 약 쉰 명. 축하주는 막걸리 2말(36리터) 통으로 한 개, 배급으로 사두었던 청주 5홉(0.9리터) 정도 내놓았다.

축하 후 가족이 잠든 조용한 시간 살그머니 일어나 갓 완성된 집으로 가서 기둥에 뺨을 대고 비볐다. 가난했던 어린 시절부터 꿈에서까지 그리던 흙으로 쌓아 올린 높은 대가 딸린 집이었다.

완성했다 해도 생각처럼 유리창 입수가 잘 되지 않아 열두 장을 구해야 하는데 여섯 장뿐이라 나머지는 판을 붙여야 했다. 다다미, 가구류 등은 계속 행상을 하면서 조금씩 사 모았다. 집 안 물품을 전부 갖추기까지 그로부터 3년 정도 걸렸다.

가구를 구입하기 위해 행상 이외에 소학교 졸업했을 무렵 너무도 싫어했던 조림인부일도 했다. 식림과 묘목 밑의 잡초를 베는 작업이 아니라 내가 주로 한 일은 조림인부들의 식량조달이었다.

1947년 7월 3일 밤 9시경 식량조달자인 가와자와 젠타로, 가와자와 도메이치, 그리고 나 세 사람이 니오이〔荷負〕소학교 앞을 암거래되는 쌀을 지고 걸어가다 순사의 불심검문에 걸렸다. 조림 노무자용 쌀이라는 점, 세 사람 모두 조림인부라는 점, 이 쌀이 없으면 조림과 잡초 베는 일을 할 수 없다는 말들을 늘어놓으며 눈감아 달라고 부탁했다.

순사는 우리들 세 사람에게 이것저것 질문하며 하는 말이 거짓이 없음을 알게 되었다. "그런가, 그럼 관사 앞에 가서 잠시 있다가 나중에 가라"고 말하며 가버렸다.

우리들 세 사람은 어쩔 수 없이 쌀을 진 채 관사까지 가서 문밖에서 2시간 정도 기다렸다. 이윽고 되돌아온 순사는 우리들을 보고 곤란하다는 표정으로,

"아이누인은 진짜 정직하구나. 내게 들켰단 말은 절대 하지 말아라. 자 빨리 돌아가라 돌아가"라며 우리들을 '석방' 해 주었다.

길을 가면서 생각한 것인데, 일단 적발된 이상 암거래한 쌀을 압수당할 것이라 여겼는데, 관사로 가라고 한 것은 돌아가라는 뜻이었던 모양이다.

(그때 그 순사님은 아마 훌륭한 분으로 이젠 정년을 맞아 유유자적하게 생활하고 있겠지. 지금도 바라타이 계곡의 오른쪽 위에 우리들이 심은 분비나무 숲을 보면 그때의 암거래 쌀 사건이 떠오른다.)

이 무렵부터 필사적으로 나무꾼일을 시작했다. 하루도 쉬지 않고 현장에 나가 일했다. 1석(石, 1石이란 두께 30센티미터×

30센티미터, 길이 3미터의 목재)이 아니라 3,4석을 베어 왔다. 술도 담배도 하지 않고 진지하게 일했으므로 동료들의 신임을 받았으며 십장의 눈에도 들게 되었다. 어쩌면 소학교 무렵에 동경했던 '십장'이 되겠다고 필사적으로 일했을지도 모른다.

1949-50년경 인부의 수는 적었지만 하청회사의 일을 또 하청받아 일하는 '가야노조'를 만들었다.

재하청을 받은 쪽과 십장 사이에서 벌채 단가, 식사, 목욕 등 대우 개선을 교섭할 경우 대개 대표로 뽑혔다.

어리지만 가야노조의 십장이 된 나는 슬슬 결혼을 하여 가정을 이루고 싶어 신부감을 물색했다.

하지만 두 형이 결핵으로 사망하여 폐병 병력이 있는 집안으로 알려져 있었고, 아버지가 술고래라는 평판에, 가족이 전부 여덟 명(아버지, 어머니, 누나, 나, 마츠이치, 류지, 미야코, 데루이찌). 어느 모로 보나 시집보내기 좋은 집안은 아니었지만, 그나마 시집보내도 괜찮은 사람으로 생각하고 있었다.

마침 우리 옆집에 시집온 아사노 씨의 여동생으로 니부타니에서 가깝고 전쟁 후 개관된 칸칸 지구에 거주하고 있던 니다니 레이코가 있었다.

니다니 레이코는 니부타니 마을의 니다니 젠스케, 하나 부부의 여덟 자식 중 여섯번째로 1931년 8월 27일 홋카이도의 남쪽에 있는 작은 섬 오쿠시리〔奥尻〕에서 태어났다. 니부타니에서 살고 있는 많은 아이누인이 그러하듯이 아버지 젠스케 씨는 측량 인부로 때마침 오쿠시리 섬에서 일하고 있었다.

모친은 레이코가 열 살 때 병으로 사망. 그후 큰오빠 고스케 부부와 셋째언니 아사노 부부에게 신세를 지며 자랐다. 니부타니 소학교에 1938년 4월에 입학했으므로 나와는 1년간만 같은 학교에 다닌 셈이다.

레이코는 우리집처럼 가족이 많고 게다가 빨리 어머니를 여의었으므로 고통은 나에 못지 않았다.

전쟁이 끝난 후 식량 부족으로 이곳저곳에서 개간이 행해졌을 때 비라토리 마을의 공유지로 니부타니 마을과 가까운 칸칸 지구가 개방되었다. 레이코의 큰오빠 고스케가 들어오며 레이코도 두 동생과 오빠 부부를 따라왔다. 개간 생활은 먹을 것도 입을 것도 전혀 아무것도 없어 고충이 많았지만, 레이코는 건강하여 맨발로 밭을 갈거나 자갈길인 국도를 걸어다녔다.

본인은 우리집에 시집와도 괜찮다고 했으므로, 가이자와 마츠이치 씨를 중매인으로 세워 니타니 집에 가서 데려오려 했으나, 그녀의 친척들 말에 따라 봄까지 답변을 주겠다더니 가을로 미뤄졌다.

분명히 앞에서 말한 것처럼 우리집은 조건이 좋지 않고, 집을 지어 막 살림살이를 준비하여 돈도 없었으므로 일하며 돈을 모으면서 시기를 기다리기로 했다.

1951년 1월에 겨우 이야기가 마무리되어 결납금(結納金) 1만 엔(5천 엔씩 2회 나눠 주었다)을 건네주고 같은 해 3월 8일 니타니 레이코와 결혼식을 올렸다. 나의 나이 스물다섯 살, 레이코 열아홉 살. 결혼식은 우리집에서 행하고 쉰 명 남짓되는 하객의 축하를 받았다.

저자의 결혼기념 사진

소학교 교장이던 호사카 히토시〔穗坂徹〕 선생의 "인간은 완성되지 않았습니다. 시게루 군도 레이코 양도 미완성입니다. 각기 미완성된 부분을 보충하면서 훌륭한 가정을 꾸리십시오"라는 축하의 말이 그때 내 마음에 쏙 들어왔다.

결혼식 최대의 사치는 결혼기념 사진값이었다. 당시 돈으로 3백50엔. 그 돈은 1년 정도 후에 겨우 갚았다.

나는 결혼을 계기로 진정으로 목재소 십장이 되어야겠다고 생각했다. 결혼식 후 5일 가량 집에 머물고, 신부 레이코를 남겨둔 채 니이카츠부〔新冠〕 강 상류의 산 속, 29림반(二十九林班)의 미야와키〔宮脇〕 목재소 작업장에 가서 일했다. 그리고 농사일이 시작되는 5월 중순까지 두 달 후에 집으로 돌아왔다.

그동안 아내 레이코는 힘들었으리라 생각한다. 본인이 시집와 아홉 명이 된 집에서 내 동생을 돌보면서 농사일도 해야 했기 때문이다. 그후에도 남편인 나는 집에 있을 때라고는 고작 봄 농사철과 가을 수확 때뿐이고 나머지는 목재소 십장으로 일에 매진했다.

1952년 봄 국책 펄프 아사히카와〔旭川〕 공장의 하청인 마츠이조〔松井組〕의 십장이 이시모리 강의 상류 소우운〔層雲〕 협곡으로 나무꾼 몇 십 명이라도 좋으니 데리고 오라며 돈을 맡겼다. 마츠이 씨는 비라토리의 이와치시〔岩知志〕 사람이라 근처에 있는 니부타니의 나에게 큰 일을 맡긴 것이다.

마츠이 씨가 요구하는 인원수는 니부타니 사람만으로 부족했으므로, 아츠가〔厚賀〕, 시즈나이〔靜內〕의 동료, 산에서 함께 일

한 적이 있는 동료를 수소문하여 쉰 명 이상의 인부들의 승낙을
받았다.

가서 보니 소우운 협곡 저 안쪽 측량 인부조차 헤맨다는 마요
이자와〔迷澤〕라는 곳이었다. 당시 자동차가 들어가는 곳은 소
우운 협곡 오바코〔大函〕근처까지고 그 다음은 도보로 가야 했
다. 톱과 도끼 같은 도구와 침구, 쌀과 같은 식량까지 짊어지고
가야 했다. 보통 나무꾼의 도구뿐이라면 그다지 무게가 나가지
않았지만, 펄프재를 만드는 데 필요한 나무를 베는 도구를 갖고
있었으므로 아주 무거웠다. 모든 짐의 무게는 60킬로그램이나
되었다. 두 번으로 나누면 좋겠지만 그 먼 산길을 두 번 오가는
것이 싫어 전부 메고 낑낑거리면서 12,3킬로미터의 험난한 길
을 걸었다.

도중에 오래된 노무자 합숙소가 있는 곳을 중계지로 삼으며
계속 전진하여 겨우 목적지에 도착하여 들고 간 천막을 치고 합
숙소를 만드는 일부터 시작했다.

이 합숙소 만드는 일이 아주 힘들었다. 당시 소우운 협곡의
산 속은 완전 아라야마〔新山, 도끼를 모르는 산〕로, 땅의 표면에
빛이 닿지 않을 정도로 펄프재로 쓰기 적합한 가문비나무가 빼
곡이 자라 있었다. 노무자 합숙소를 지을 만큼의 공간을 만들어
야 했는데, 빛 한줄기 들어오지 않고 지면도 축축하여 곤충이 번
식하기에 적합했으므로 산모기, 파리가 군락을 이루고 있었다.

그 모기가 습격해 왔다. 그렇게 많이 떼를 지어 다니는 모기
의 습격을 받은 것은 태어나서 처음이었다. 밀짚모자 위로 얼굴
에 한랭사(寒冷紗, 성기게 짠 엷은 무명. 모기장·조화·커튼 등

으로 쓰임)를 써서 가리고, 목장갑을 낀 위에 토시를 끼고 손목을 졸라맸다. 그렇게 해도 어디서 들어오는지 목과 손발이 찔려 가려워 견딜 수가 없었다. 가려워서 긁으려고 목장갑을 벗으면 손이 새까매질 정도로 모기가 달려들었다. 문자 그대로 숨이 턱턱 막히는 기억들이다.

점심을 먹으려고 얼굴에 쓰고 있던 천을 걷으면 바로 모기들이 우르르 달려들었다. 맛나게 밥맛을 즐기며 먹을 수조차 없었다. 밤에는 모기가 천막으로 들어왔다. 이불의 솜을 꺼내 불을 지펴보거나 바깥의 풀을 태워 보아도 별로 효과가 없어 노력해야 허사였다. 한 숨도 자지 못한 밤이 몇 번이나 있었다.

합숙소를 세우기 위해 주변의 나무를 베어 땅의 표면에 약간의 빛이 들어오자 모기의 습격이 조금 약해졌다. 처음 얼마간은 일이 끝날 때까지 그곳에 있을 수 있을까 하는 의문이 들 정도였다.

이처럼 고된 일을 거듭하며 겨우 백 명 정도 숙박할 수 있는 합숙소가 완성되었다. 합숙소를 짓는 건축자재는 모두 부근에서 조달해 만들었다. 큰톱장이(재목을 톱질하는 일을 업으로 삼는 사람)는 판을 톱질하고 곧게 결을 내 나무를 켰다.

합숙소에 들어온 사람은 내가 데리고간 가야노조의 사람 외에도 다섯 명, 열 명 정도로 수가 적은 팀도 있었다. 백 명 가까운 나뭇꾼의 합숙소 입소가 끝나자 방의 우두머리가 선발되었다.

방의 우두머리란 노무자와 십장 사이에서 노무자의 요망과 고충을 십장에게 전달하여 요구사항을 실현하거나 개선하기도 한다. 한편 십장의 요구도 노무자에게 전달하여 실행하게 하는 역할을 해야 한다. 그러므로 방의 우두머리는 합숙소(방)에서 가장 인원수가 많은 팀의 십장 혹은 일에 실력이 있고 방에서 신망 있는 자가 선발된다.

그때는 가야노조의 인원수가 쉰 명으로, 압도적으로 많았으므로 내가 방의 우두머리로 선발되었다.

"가야노 씨를 방의 우두머리로 추천합니다"

라고 발표되고 소개되었을 때, 나는 떨리는 작은 목소리로

"잘 부탁합니다"라고 말한 것이 고작이었다.

그때 나이 스물여섯. 방의 우두머리치고는 젊은 축이었다. 백 명이나 되는 드세고 거친 사내들의 방의 우두머리 역할은 대단히 힘든 일이었다.

그래도 훨씬 나이 많은 사람들로부터 아침에 "십장, 일찍 일어나셨습니다." 저녁에 "십장, 다녀왔습니다"라는 인사를 들으면 기분이 좋아졌다.

본격적인 작업이 시작되고 얼마 지나지 않을 무렵, 다른 팀 가운데 싸움에 자신이 있는 사내가 "저런 아이누의 젊은 놈을 방의 우두머리로 삼다니"라며 나의 험담을 하는 이가 있었다. 그 말을 들은 우리 팀원들이 그 사내를 바깥으로 끌어내 마구 때리기 시작했다. 나는 폭력을 싫어했으므로 그들을 말렸다. 폭력은 싫다고 말했지만, 당시 산의 합숙소에는 버젓이 폭력이 통하는 일이 자주 있었다.

다음날 아침 싸움한 자를 데리고 마츠이 십장에게 가서 사죄를 했다. 맞은 사내가 얼굴에 붕대를 감고 눈만 나와 있는 것을

보고 진짜 미안하게 생각했다.

그런 일이 있은 후 싸움은 하지 않지만 가야노조 사람 중에 강한 자가 있다는 말이 합숙소 안에 퍼져 모두 내 말을 잘 들어주어 방의 우두머리 역할을 아무 지장 없이 행할 수 있었다. 그때 나를 가장 잘 보좌해 준 사람은 가이자와 쇼타로 씨였다.

노무자들간에 일어나는 싸움의 중재, 일하다 부상을 입은 자가 나왔을 때의 조치, 모든 일들이 힘들었지만 어엿한 도급자가 되기 위한 공부라 생각하고 성심을 다해 일했다. 실제로 싸움이나 부상은 빈번하게 일어났고 크게 부상을 입은 사람은 두 사람이 드는 멜대에 얹어 16킬로나 되는 산길을 자동차가 들어오는 곳까지 운반한 적도 몇 번 있었다.

이러한 체험을 거쳐 나는 진정한 십장으로 성장했던 것이다.

먼저 죽는 쪽이 행복하다

1953년 가을로 생각되는데, 여느 때처럼 산일을 하고 집으로 돌아오니, 아버지가 가장 소중하게 여기시던 투키파스이(받들어 모시는 술 젓가락)가 보이지 않았다.

투키파스이는 신에게 바라는 일이 있을 때 술을 투키파스이의 끝에 적셔 기도를 하면 소원이 신에게 전해진다고 믿고 있던 소중한 도구이다. 그처럼 소중한 것이 없어지다니…….

그때까지도 타관에 돈벌러 나가 몇 개월 집을 비웠다가 돌아오면 이로리 끝에 사용하던 일반 생활 민예품이 한 점, 두 점 사라지는 듯한 생각이 들었다. 이번에는 아버지가 소중히 여기시던 투키파스이가 없어진 것이다.

이 무렵 패전 후 8년이 흘렀고, 집을 지어 장가를 들었고, 먹을거리는 그다지 어렵지 않은 시기이다. 내 마음에도 일종의 여유가 생겨난 탓일까. 지금까지 별로 보이지 않던 주변의 일이 보이기 시작했다. 투키파스이가 왜 없는지 트집을 잡아 따지고 묻지는 않았지만 아버지에게 화가 났다(지금도 그 투키파스이의 모양·색·눈금을 확실히 기억하고 있다. 보통 것보다 조금 폭이 넓고 오른손에 드는 부분에 가로줄이 세 줄 있는데 두 줄만이 남고 나머지 한 줄은 부러져 버렸다. 어디선가 내 눈에 띄기만 하면 바로 식별할 수 있을 것이다).

이 무렵 아이누 연구학자에 대해 마음속 깊이 증오심을 갖고 있었다. 그들은 아이누에 대해 잘 알고 있는 아버지에게 찾아오곤 했는데, 난 그 사람들에게 독설을 퍼부으며, '가만히 있는 사람 건들지 마라, 다시 오지 마라'며 쫓아낸 적이 종종 있었다. 홋카이도대학의 K교수 등에게 심하게 대들었다. 그후 그들은 아버지를 방문할 때면 아들인 시게루가 있는지 없는지를 근처에서 물어보고 확인한 다음 찾아오곤 했다.

내가 그들을 미워한 이유는 몇 가지가 있다. 니부타니에 올 때마다 마을의 일반 생활 민예품을 가지고 갔다. 신성한 묘를 파헤쳐 조상의 유골도 가지고 갔다. 연구를 사칭하여 마을 사람의 혈액을 채취하고 털의 모습을 조사하기 위해 팔을 걷어올리게 하거나 목덜미에서 옷깃을 젖히고 등을 들여다보는…….

내 어머니는 얼마나 많은 양의 혈액을 뽑았는지 비틀거리며 집으로 돌아온 적이 있다. 그런 꼴을 당할 바에야 가지 않는 편이 나을 텐데, 마을의 유력자가 이렇게 저렇게 구슬려 데리고 가면 아이누 쪽도 약간의 돈을 받을 수 있었기 때문에…….

인물 사진 촬영도 있었다. 얼굴의 정면, 옆얼굴과 여러 각도에서 촬영했다. 더구나 죄인처럼 커다란 번호표를 가슴에 달기까지…….

(어머니의 사진 중에 번호표가 붙어 있는 것이 한 장 있다. 피를

빼고 등을 들여다본 다음 표를 가슴에 달고 찍은 사진이다. 그리곤 얼마간의 돈을 주는 식…… 딱딱한 표정을 짓고 있는 이 사진을 보고 있으면 어머니 마음의 고통이 사무치게 느껴진다.)

이러한 샤모 학자들의 방자한 행위에 나는 도대체 이래도 좋은가 하고 스스로에게 물어보았다.

"우리 국토, 아이누 모시리〔大地〕를 침략당하고, 언어를 약탈당하고, 조상의 유골을 도난당하고, 살아 있는 아이누인의 피를 뽑고, 얼마 남아 있지 않은 생활 용구까지도 가져갔다. 앞으로 아이누 민족은 도대체 어떻게 될까. 아이누 문화는 어떻게 될 것인가."

"좋다, 앞으로 내가 그것을 바꿔 보리라."

아마 그렇게 묻고 답하고 다짐하면서 스스로 변해갔다고 생각한다.

아이누인에 대한 민족 의식 같은 것이 싹트기 시작하기 5,6년 전인 스물두세 살 무렵, 나는 아이누의 것을 모두 버리려 했고 잊으려 했던 적이 있다. 1948년 2월 13일에 비라토리에서 곰 전송 의식이 행해져 아버지가 사케이유시쿠르(제사)를 관장했다. 나는 집에 있으면서 부지런히 몸단장을 하고 외출하는 아버지 뒤에서, "요즘 세상에 곰을 전송하는 한가한 사람도 있어요?"라고 눈을 흘기며 다녀오시라고 인사를 했다. 그리곤 별로 서두를 필요도 없는 장작을 패러 산으로 갔다(지금 생각해 보면, 천재일우의 이 날, 아버지의 밝은 모습을 보러 갔어야 했었다는 후회가 막급하다).

민족 의식이 싹튼 나는 먼저 아이누의 일반 생활 민예품을 공짜처럼 가지고 가는 것을 방지하기 위해 내가 구입해서 지켜야지 하는 생각으로 일반 생활 민예품을 모으기 시작했다.

먼저 우리집 안을 둘러보니 아이누의 일반 생활 민예품다운 물품이 전혀 없었다. 1933년 무렵의 겨울에 유난히 값나가던 물건은 아버지가 시라오이[白老]에게 팔았고, 샤모 학자의 출입이 잦았던 우리집에는 아무것도 남아 있지 않았다. 그래도 아버지가 입는 옷과, 별로 고급은 아니지만 이세포투키라는 잔이 몇 개 남아 있었다.

'생활 민예품을 사야겠다'는 마음을 먹고 처음 산 물건은 가이자와 젠타로 씨의 에치옷(술을 젓는 칠기(漆器)) 등 몇 점이었다.

그렇게 한 점 두 점 민예품을 사니 물건을 판 사람이 다른 사람을 소개해 주는 식으로 아이누의 민예품이 조금씩 모이기 시작했다. 하지만 이미 돈많은 샤모들이 대량으로 사들인 이후라 남아 있는 물품은 고작해야 아주 비싼 물품이거나 쓰레기 같은 잡동사니들이 대부분이었다.

수집한 민예품을 보관하는 일도 힘들었다. 화재가 나지 않도록 주의해야 하는 것은 물론이고 우리집에 많았던 쥐에게 갉히지 않게 지켜내야 했다. 가령 '돗자리'를 사오면 바로 눈금이 가느다란 쇠로 만든 망에 넣어두었다.

사서 모은다 해도 내 재력으로 힘겨웠다. 나는 처음 먹은 마음을 바꾸지 않으려고 돈을 벌기 위해 때가 되면 산일을 하러 갔다. 산일을 시작하는 계절은 5월부터 10월까지 '여름산'과, 11월부터 3월까지 '겨울산'의 두 계절이었다.

산일은 주로 나무 벌채였는데, 혼자 하는 일치고는 고소득이고 내 실력에만 의지하면 되었다. 벌고자 하면 얼마든지 일해서 벌 수 있었다. 소년 시절에 나무꾼의 제자로 들어가 톱 가는 방법을 배웠고, 숯굽는 일을 경험했으므로 톱질하는 일이 능숙했다. 그러므로 별로 체력을 소모하지 않고, 또 짧은 시간에 많은 석(石, 1石이란 두께 30센티미터×30센티미터, 길이 3미터의 목재)의 목재를 베는 것이 가능했다.

한 가지 일에 열중하며 한결같이 일하고 일이 끝나면 돈을 들고 집으로 돌아가 가족이 생활하는 데 필요한 쌀·된장·간장을 살 돈을 건네주고, 나머지 돈을 들고 미리 점찍어 두었던 민예품이 있는 집으로 달려갔다. 뜻한 바대로 물품을 입수하면 너무 기뻐 아무것도 할 수 없었다. 집으로 들고 와서 미지근한 물에 담가 살짝 그을음을 제거하여 본체에 손상이 없는지 확인하면 혼자 웃음이 터져나왔다.

그런 나를 보고 집사람인 레이코의 속마음은 그리 편치 않았을 것이다. 아무리 착실하게 생활비를 준다 해도 너무 제멋대로라 생각했을지도 모른다. 하지만 내가 얼마를 내고 민예품을 사건 집사람은 한 번도 불평하거나 싫은 내색을 한 적이 없다. 그렇다고 내게 불만이 없을 리 없건만, 나도 그 불만을 느끼지 못한 것도 아니다.

만약 아는 체한다면 민예품을 사 모으는 쪽으로 돈을 돌릴수 없게 된다. 그래서 나는 모른 척하고 가족이 먹을 음식과 따뜻한 이불을 살 돈만은 언제나 충분히 마련해야지 하고 마음을 먹었고, 나머지 돈으로 민예품을 구입했던 것이다.

주위 사람도 '시게루는 무엇 때문에 남이 쓰다 버리는 물건을 사들이는 것일까' 하고 의아해했다. 또 그런 짓은 그만두라는 충고를 받은 적도 있다. 그래도 나는 지금은 내버릴 그런 물건이라도 앞으로 반드시 값이 나갈 때가 올 것이라 확신했다. 만약 그때가 되면 '저놈이 공짜로 가져갔다'며 험담을 들을 것 같아 반드시 돈을 지불하려 했다. 내가 모은 것 가운데 무료로 받은 것은 아무리 작은 물품이라도 하나도 없다.

살 때 가격을 붙이는 방법은 '그 물건을 만들면 수공이 얼마나 들어가는지, 골동품적 가치가 얼마나 있는지' 하는 점을 환산하여 팔 사람이 팔고 싶은 가격보다 높게 사려고 애썼다. 그래서 구입한 다음에 손해 보았다는 말을 들은 적도 불만을 들은 적도 없다.

민예품을 사러 다니던 중에 돈이 없어 손에 넣을 수 없었던 물품이 두 개 있다.

하나는 니오이〔荷負〕 마을 다리 근처에 있는 집에서 갖고 있던 자수를 놓은 옷이다. 이것은 아이누의 의류로는 대단히 훌륭하고 좋은 물품이었다.

또 하나는 카미누키베츠〔上貫氣別〕의 A집에서 소유하고 있는 물품이다. 민예품이 30점 가량 있었는데 특히 에틴케사파(바다거북의 머리)를 원했다. 그 물건이 사고 싶어 몇 번이고 발걸음을 옮겼지만 가격이 맞지 않아 결국 구입하지 못했다.

(현재 니부타니 문화자료관의 아이누의 일반 생활 민예품 중에서 없는 것은 이 바다거북의 머리 정도일 것이다. 그때 돈이 있어 그것을 구입했더라면 얼마나 좋았을까 새삼스럽게 아쉬움이 남는다.)

카미누키베츠라는 산 속에 왜 바다고기를 수호하는 신(神)인바다거북의 머리가 있었는지 앞의 '강제 이주의 결과'를 떠올리면 금방 알 수 있을 것이다.

　어렸을 적 꿈이었던 십장, 가야노조의 십장으로 목재소일이 궤도에 오른 1954년 5월초 나는 집앞 밭에서 말에게 블라오를 끌게 하며 경작하고 있었다.

　발이 불편한 중년 사내가 말을 쫓고 있는 내 앞을 천천히 지나 우리집으로 들어갔다. 나는 또 '아이누 연구'를 하는 샤모인가 생각하고 그대로 일을 계속했다. 점심 식사 때 집에 들어가니 그 사내는 아버지와 뭔가 이야기를 하고 있었다. 아버지는 나를 향해 "올해 일본에 갔을 때 알게 된 소부 토미오〔蘇武 富雄〕라는 분이시다"라며 소개해 주셨다. 사내는 마흔이 조금 넘었을까. 나는 "어서 오십시오"라며 간단히 목례하고 점심을 먹었다. 사내도 아버지와 함께 식사를 했는데, 나는 식사를 마치고 바로 일하러 나갔다.

　저녁나절 꽤 어둑어둑하니 일을 마치고 돌아와도 아직 그 사내는 아버지와 이런저런 이야기를 나누고 있다. 밤도 꽤 깊어졌을 무렵 사내는 내게 말을 걸었다. 오른쪽 무릎이 구부러지지 않는지 그 발을 쭉 뻗어 앉은 채로,

　"시게루 씨 한 가지 의논할 말이 있습니다만"

라며 매우 친한 척한다. 이야기를 들어보니 니부타니에서 예능인인 아이누인을 데리고 일본으로 건너가 각 현의 소학교와 중학교에서 아이누의 춤을 보여주고 '아이누 문화를 바르게 소개하고 싶다,' 일본인들은 아직도 아이누인이 수렵 생활만 하고

일본어도 할 줄 모른다고 여긴다. 이것은 아이누를 위해 좋지 않다며 사내는 말을 늘어놓았다.

그 무렵 나는 샤모들이 아이누 민예품을 반출하는 것에 화가 나 있어서, '아이누 문화를 바르게 소개, 운운' 하는 것에 전혀 흥미가 없었다. 게다가 가야노조의 십장으로 신용도 얻었고 그럭저럭 돈벌이도 괜찮았으므로 그 사내에게 "흥행거리가 되기는 싫다"며 거절했다.

그러자 사내는,

"아니, 시게루 씨에게 노래부르고 춤추라는 것이 아닙니다. 노래하거나 춤추는 사람들과 동행하며, 가는 곳마다 목조로 만든 곰인형이나 쟁반 등을 팔아 돈벌이를 하라는 것입니다"라고 말했다.

아버지도 "꼭 돈벌이하러 갔다 와라"며 내게 권했다.

나도 산에서 산으로 돌아다니며 인적이 드문 노무자 합숙소 생활만 했으므로, 바다 츠가루 해협을 건너 일본 땅으로 가보고 싶다는 생각이 들었다. 산전수전 다 겪은 교활한 사내가 내 마음의 흔들림을 보지 못했을 리 없다. 사내는 더욱 이렇게 벌건 저렇게 벌건 돈이 들어오면 된다며 돈벌이 이야기를 늘어놓았다.

실제 돈에 욕심이 났으므로 사내가 말한 것처럼 일본으로 건너가기로 결심을 했다. 단 조건으로 나는 흥행과는 전혀 아무 관계가 없으며 내 여행 경비는 내가 부담한다. 판매할 목조품 손질도 내 돈으로 하고 판돈은 내 것으로 하기로 했다.

나중에 알게 되었지만, 사내는 건네지도 않은 돈의 영수증을 쓰게 하고 자기는 차용증을 써놓고 허둥지둥 다음날 아침 집을 떠났다.

아버지를 포함하여 우리들 일행 아홉 명이 최초의 목적지 아키다 시〔秋田市〕에 닿은 것은 그 사내가 니부타니를 떠난 후 불과 3주일 후인 5월말이었다.

사내는 미리 순회해야 할 소·중학교를 정해 놓고 기다리고 있었다. 우리들은 다음날부터 당장 학교 순회를 시작했다. 소학교와 중학교 강당의 연희무대에서 아이누의 춤과 자장가 등 7종류의 연희 종목을 넣어 40분에 걸쳐 보여주었다. 그 해설은 가이자와 젠타로〔貝澤前太郎〕 씨가 행했다.

나는 그 춤과 노래가 한창 진행중일 때 아무런 도움도 주지 않고 기다리다 연희가 끝나면 '물건 판매'를 시작했다.

1주일이나 젠타로 씨가 소개 및 설명하는 것을 듣다가 그 말을 모두 외워 버렸다. 어느 날 젠타로 씨가 "자네가 한 번 해보게"라며 마이크를 건네주었다. 설령 아이들이라 해도 넓은 강당 가득 차 있는 사람들 앞에서 말하는 것이 불안하여 발이 후들거렸다. 며칠 지나자 다리의 떨림도 사라지고, 일행들도 "시게루 씨 쪽이 낫다"고 부추겼으므로 기분이 좋아져 함께 무대에 나가게 되었다.

견학료는 당시 돈으로 학생 1인 10엔이었지만 몇 백 명이나 되는 학교가 많았으므로 소부 토미오의 주머니는 매일 몇 천엔의 돈이 들어갔다. 한편 내가 갖고 있던 아이누 목각품도 예상보다 잘 팔려 이 정도면 상당히 벌겠구나 하며 점점 흥행에 열을 올렸다.

일본인들의 아이누에 대한 인식 부족은 소부 씨가 니부타니의 이로리 옆에서 들려주던 말 그대로였다. 학교 선생님들조차 "일본어가 능숙하군요" "입고 있는 옷은 일본인과 똑같습니다"라고 말하는 식이었다. 나이 스물아홉의 나는 그러한 질문에 놀라며, 어떻게든 아이누의 진정한 모습이나 문화를 소개하려는 기분이 들었다.

그러던 중 마이크를 잡고 열심히 학생과 선생님들에게 말하는 모습 등이 신문에 실리자, 여기저기 학교에서 와 달라는 초청이 이어져 흥행은 잘 되어 가는 것처럼 생각되었다.

그런데 소부는 들어오는 현금을 들고 매일밤 혼자 술집에 다녔다. 우리들은 그 점을 아무도 눈치채지 못했다. 급료 지불 날짜가 와도 소부는 일행들에게 돈을 건네주지 않았다. 지불하겠다는 그의 말만 믿고 계속 학교 순회를 행했는데, 소부는 내가 아이누 목조품을 판돈까지 빌려 달라고 말하기 시작했다.

어느 날 밤 나중에 안 일이지만, '유흥비 빚을 받으러 온 여자'를 데리고 와서 친척집에 큰 일이 생겨 꼭 돈이 필요하니 몇 만 엔인가를 빌려 달라고 했다. 나는 그 여자를 불쌍히 여겨 가진 돈 전부를 소부에게 빌려 주었다.

그러면서 2개월 가까이 학교 순회가 이어졌고, 우리는 아키다를 비롯하여 야마카타, 후쿠시마까지 순회했다. 하지만 소부는 대부분의 돈을 탕진하여 우리 일행에게 급료를 주지 않았다.

나도 판매품인 아이누 목조품을 매입하기 위해 5만 엔을 남에게 빌렸고, 그후 여행지에서 보내온 물품 대금이나 매상금도 차츰 수완 좋은 소부에게 속아, 결국 빌린 돈이 15만 엔이 넘게 되었다.

일본의 6월은 덥다. 그 더위 속에서 급료도 받지 못하고 돈을 갈취당한 채 우리들을 두고 소부는 달아났다. 소부는 아이누인 우리를 미끼로 이용한 다음 여인숙에 내버려둔 채 어디론가 달아나 버린 것이다.

우리들은 세상 물정을 몰라도 너무 몰랐다. 교활한 샤모의 소행에 걸린 나 자신에게 화가 났다.

홋카이도로 돌아올 돈을 내가 애써 마련하여 일행은 니부타니로 돌아왔다.

빌린 돈 15만 엔을 바로 돌려주지도 못했다. 다행히 일본에서 평판이 좋았기 때문에 이번에는 내가 흥행단을 만들어 2학기초 9월에 다시 일본으로 건너갔다. 그 자금은 내가 갖고 있던 어미말과 새끼말을 저당잡혀 빌린 5만 엔이었다.

일행 일곱 명의 순회는 봄의 경험 덕분에 호평을 얻어 2개월 만에 빌린 돈을 모두 갚고, 함께 간 사람들의 급료도 지불할 수 있었다.

지불할 만큼의 돈이 생기자 순회를 마치고 바로 니부타니로 돌아왔다. 그런데 몇 개월이나 집을 비우고 빌린 돈을 갚고 급료를 지불하고 나니 내가 들고 갈 돈이 없어 집사람 얼굴을 쳐다볼 수가 없었다.

나는 2,3일 집에 있다가 바로 나무꾼일을 하러 갔다. 치토세선(千歲線)에서 들어간 에니와(惠庭)의 높은 산기슭에 있는 산속이었다. 일하는 짬짬이 통나무 위에 큰대자로 누워 맑고 푸른 하늘에서 내리쬐는 햇빛을 맞으며, 산의 시원한 냉기를 들이마시면서 "아아, 난 역시 산사내야"라고 내게 말했다.

이 학교 순회의 실패는 내게 귀중한 공부가 되었다고 생각한다. 그것은 니부타니라는 사회뿐만 아니라 세상의 다양한 인간들의 모습을 이 눈으로 확인했던 것이다. 더구나 여행지의 명소와 유적을 구경하거나 박물관에 가서 시야를 넓히기도 했다.

이처럼 1953년 가을 무렵부터 아이누 민예품 수집을 계속하던 중에, 아이누 문화 전반을 재평가해 보자는 마음이 자연스럽게 내 안에서 생겨났다. 아이누 연구자에게 닫혀 있던 마음이 조금씩 안으로부터 열리며 연구에 협력하게 되었다.

때마침 그 무렵으로 생각되는데, 니다니 쿠니마츠 씨(아이누 이름 니스레클. 1888년 출생), 니타니 이치타로(아이누 이름 파레테. 1892년 출생), 그리고 나의 아버지 가니자와 세이타로(아이누 이름 아렛아이누. 1893년 출생) 세 사람이 모여 이야기를 나누었다.

세 사람이 나눈 이야기는 다음과 같았다.

"세 사람 가운데 가장 먼저 죽는 자가 가장 큰 행운아다. 남은 두 사람이 아이누의 장례식과 아이누의 언어로 정확하게 이요이탓코테(引導)해 줄 것이므로, 그 사람은 확실하게 아이누 신의 나라로 돌아갈 수 있다. 먼저 죽는 쪽이 행복하다."

듣고 있던 나는 너무도 슬펐다.

"먼저 죽는 쪽이 행복하다." 나는 몇 번이나 이 말을 마음속으로 되새겼다. 이 말의 의미는 민족의 문화와 언어를 송두리째 빼앗긴 자가 아니면 절대로 이해하기 어려울 것이다.

인간은 나이 들면 죽음에 대해 별로 두려움을 품지 않게 된다고 한다. 그러나 죽을 때에는 자기가 원하는 방식으로 들판에서 전송받고 싶다는 바람을 갖게 마련이다. 본인이 원하는 장례식을 하고 싶다, 다만 그를 위해 빨리 죽고 싶다고 바랄 만큼 우리들 아이누 민족에게 아이누 문화, 아이누어는 소중한 것이다.

세 사람 가운데 '가장 행운아'가 된 사람은 나의 아버지였다.

1956년 2월 여생이 얼마 남지 않았음을 깨달은 아버지는 집으로 니다니 쿠니마츠 씨를 불렀다. 곁에 앉은 쿠니마츠 씨에게 병으로 야윈 아버지는 아이누어로 다음과 같은 것을 원했다.

"형님(연하라도 피가 섞이지 않은 사람이라도 존경의 뜻을 나타낼 때 사용한다), 저는 이처럼 병이 깊어졌어요. 본래대로 원기를 회복할 것 같지 않아요. 만일의 경우 아버지와 어머니 품으로 헤매지 않고 돌아갈 수 있도록 잘 인도해 주십시오."

아버지의 이야기를 듣던 쿠니마츠 씨는 아이누식 예배인 온가미를 했다. 그런 다음 천천히 아이누어로 아버지에게 말했다.

"그 바람은 잘 알겠네. 차질 없이 잘 인도해 줄 터이니 안심하게나. 그런데 임종에 임박한 때에 묻기는 괴롭지만, 아무래도 한 가지만 들어야겠어. 나의 물음에 확실하게 대답해 주기 바라네."

어머니와 아버지, 모여 있던 이웃 사람들이 쿠니마츠 씨의 입에서 어떤 말이 나오는지 마른침을 삼켰다.

"자네는 젊었을 때부터 남다른 웅변가였네. 자네는 그 웅변을 이용하여 저주로 남을 살해할 수 있다고, 남을 위협한 적이 있다는 말을 들었네. 물론 나는 단순한 소문이라 생각하지만, 그 진위만큼은 직접 자네의 입을 통해 듣고 확인하고 싶네. 만약 진실이라면, 먼저 신들에게 사죄하지 않으면 가슴을 열고 인도해 달라는 말을 할 수가 없네. 또 입으로 나오는 대로 남을 위협했다면 그에 합당한 말을 덧붙여야 한다네. 여하튼 지금 임종을 맞이하여 거짓 없이 대답해 주게.”

우리들은 어떤 대답이 나올지, 속으로 겁을 내면서 아버지의 말씀을 기다렸다. 아버지는 조용했지만 확실한 어조로 대답했다.

“형님, 염려하지 마십시오. 그냥 소문일 뿐입니다. 저는 주술로 남을 헤치는 말, 그런 나쁜 말은 모릅니다. 젊을 때 분명 우쭐해서 경솔한 짓을 하며 모르는 것도 아는 체하며 오해를 부를 언동을 했을지도 모릅니다. 하지만 저는 그렇게 나쁜 말을 배운 적도 없고, 또 남을 주문으로 죽이자는 마음을 먹은 적도 없습니다. 옛날부터 주술로서 사람을 죽인 자의 혈통이 끊어진다는 말을 들었습니다. 우리 집에는 아들이 있고 손자도 있습니다. 내가 죽은 후 나의 자식들은 아무런 사고도 당하지 않을 것입니다. 형님, 그런 염려는 마십시오. 신에게 사죄할 필요도 없고 특별히 덧붙일 말도 없어요.”

아버지의 대답을 들은 쿠니마츠 씨는 한시름 놓은 듯이 말했다.

“그런가. 묻기 괴로웠는데 물어보길 잘한 것 같아. 이 말은 나만 들은 것이 아니라 자네의 처, 아들들도 함께 들었다네. 귀가 있는 인간만이 들은 것이 아니라, 집안의 신들, 특히 불의 신이 들어주셨다네. 안심해도 좋아.”

쿠니마츠 씨는 더 말을 잇지 못하고 닭똥 같은 눈물을 뚝뚝 흘

리며, 일본어로

"세이타로, 자네만 먼저 죽어 다행이구먼…… 내가 죽을 때 누가 보내 줄라나……"라며 여윈 아버지의 손을 잡고 말을 잇지 못했다.

이 두 노인의 마음을 헤아려 곁에 있던 사람 중 눈물을 흘리지 않은 사람은 한 명도 없었다. 먼저 죽어 '가장 행운아'였던 아버지의 장례식은 1956년 2월 19일이었다. 생전에 아버지와 약속한 대로 니다니 쿠니마츠 씨는 완전히 아이누식으로 아버지를 인도해 주셨다.

여기서 아버지의 임종 때 문제가 되었던 '사람에게 주술을 거는 것'에 대해 아이누인은 어떻게 생각하고 있는지 한 자 적도록 한다.

주술을 건다는 것을 아이누어로 '이요이타쿠시'라 한다. 이(그것), 오(들어가다), 이타쿠(언어), 우시(붙이다), 이것은 "나쁜 말을 남에게 붙이다"는 뜻이다.

아이누인 가운데 웅변으로 여러 말을 알고 있는 사람은, 미운 놈이 있으면 주술을 외워 그자를 죽일 수도 있다고 믿었다. 하지만 미운 놈에게 그런 주술을 걸었을 때 잘되면 좋겠지만, 경솔하게 실수를 저지르면 그 저주가 자신에게 되돌아와 본인 혹은 가족이 재앙을 입는다. 그 주술을 외운 사람의 가족은 본인이 죽은 후에 잇따라 죽어 혈통이 끊어진다고 한다.

그러므로 그런 주술은 아무도 가르쳐 주지 않는다고 나는 배웠다.

하지만 나의 아버지의 경우, 아버지가 너무도 아이누어 전반에 정통해 있었으므로, 저 사내라면 분명 주술을 알고 있을 것이라 의심을 했던 모양이다. 우둔하고 경솔한 자인 아버지는 그러한 소문이 퍼져도 남이 두려워하는 것을 재미있어 하며 주술의 언어를 아는 것 같기도 모르는 것 같기도 한 표정으로 살았던 것은 아닐까.

이웃 마을에 사는 나의 친구 가와가미 유우지〔川上勇治〕 씨는 내게,

"시게루, 자네 아버지가 주술의 말을 알고 있다는 소문이 있는데 헛소문이겠지. 자네 형제 여섯 명이 각각 잘 살고 있잖은가. 하지만 우리 마을의 어떤 사람은 진짜 알고 있었을지도 몰라. 한 집안 사람이 모두 죽어 혈통이 끊어져 버렸으니 말이네"

라고 말한 적이 있었다.

분명 우리 형제는 아버지가 임종할 때 쿠니마츠 씨의 물음에 답한 말 중에 '쿠포우타라 야이페레포카,' 즉 아이누 사회에서 가장 행운의 조건인 '먹을 것에 부자유하지 않은' 생활을 보내고 있다. 이런 우리들을 보고 아버지는 신의 나라에서 분명 기뻐하고 계실 것이다.

지리 마시호〔知里眞志保〕 선생의 가르침

아버지께서 '가장 행운아'로 신의 나라로 돌아가신 후, 나는 변함없이 계절이 오면 산일을 하러 떠났고 돌아오면 아이누 민예품 수집을 위해 이리저리 뛰어다녔다.

아버지가 돌아가신 후 1년 6개월 정도 지난 1957년 8월 지리 마시호 선생과 만나게 된다.

나는 지리 마시호〔知里眞志保, 1909-1961〕라는 이름을 꽤 이전부터 들어 알고 있었다. 1950-51년경 도쿄·호우야〔保谷〕 민속학박물관의 시부사와 케이조〔澁澤敬三〕씨의 부탁을 받아, 정식 아이누 가옥 세우는 방법에 대한 마음속의 생각을 허심탄회하게 의논하기 위해 니후타니에서 니다니 쿠니마쓰 씨, 젠스케 씨, 이치타로씨 삼형제가 갔는데, 그 중 한 사람이 나의 장인이 된 젠스케 씨로부터 그 가옥을 지을 때 기록하던 학자가 지리 마시호라는 말을 들었다.

지리 선생은 아주 면밀하게 기록했고, 억새로 지붕을 이을 때 1단째인 억새 하단에 대는 토대를 이요노키츄레프〔軒刺物〕와

아오테레케니〔踏木〕가운데 어느쪽이 좋은가 하는 점까지 질문했다며 젠스케 씨는 탄복했다.

또 지리 선생은 아무리 바빠도 그날의 신문은 반드시 읽어야 한다, 그렇지 않으면 사회에 뒤떨어진다며 타이르듯 말해 주었다.

그후 1952년에 도후쿠〔東北〕대학의 오니 하루히토〔鬼春人〕교수가 아버지에게 아이누어를 들으러 왔을 때도, "아이누어를 이대로 방치한다면 이 지구상에서 사라질지도 모른다, 좀더 아이누어를 소중히 여겨야 한다"는 말을 했다. 그런 연후에 아이누 문화를 바르게 계승하려는 학자로 지리 선생의 이름이 나왔다.

내가 열심히 아이누 민예품을 모으기 시작한 후부터 아이누 민족에 대한 자각이 생겨났을 무렵, 1954년 10월 신문에 지리 선생이 문학박사 학위를 취득했다고 보도되었다. 나는 '훌륭한 사람이 나왔구나, 아이누인이면서 아이누에 대한 연구를 하여 문학박사를 취득하다니 지리 마시호라는 분은 어떤 사람일까, 한 번 만나보고 싶다'고 생각하게 되었다.

횟수는 줄어들었으나 여전히 이 산에서 저 산으로 합숙소를 전전하고 있었으므로 선생을 만날 기회는 좀처럼 주어지지 않았다.

1957년 8월 15일 지리 마시호 선생이 비라토리쵸 사무소에 아이누어를 녹음하러 왔다는 말을 듣게 되었다. 나는 선생을 만나고 싶어 아무 일도 되지 않았다. 그래서 초대받지도 않았는데 비라토리쵸 사무소로 찾아갔다. 이때 내가 집에 있었던 것은 나중에 서술하겠지만, 아이누 조각으로 생계를 유지하고 있었기 때문이다.

사무소에 도착하자마자 녹음 장소가 회의실 쪽이라 그쪽으로 갔다. 입구에서 지리 선생과 마주쳤다. 아직 한 번도 본 적이 없었지만 '바로 딱 마주 친' 것이 이상하다는 생각이 든다. 아버지와 장인에게, 지리 선생은 니부타니의 가이자와 세이이치 씨와 너무 닮았다는 말을 들었으므로, 나는 '아, 이 사람이 그 유명한 지리 마시호 박사구나' 하고 직감했다.

나는 말을 걸지 않고 그대로 회의실로 들어갔다. 소개해 줄 사람이 있는 것도 아니라, 라이시츄푸푸(몸을 오그리듯)라는 말 그대로 방구석에 조그맣게 앉았다.

노인들뿐인데 갓서른 될까 말까 한 내가 있는 것을 보고, 지리 선생은 누군가에게 나에 관해 물은 것 같다. 성은 가야노이지만 가와자와 세이타로의 아들이라 하자 가까이 와서 말을 걸었다. 그때 무슨 말을 나누었는지 기억나지 않지만, 여하튼 저녁까지 아이누어를 녹음하는 모습을 지켜보았다.

밤에는 히라무라 코사쿠〔平村幸作〕 씨 집에서 지리 선생과 녹음에 협력한 사람들이 모여 간담회가 열리는데 나도 동석이 허락되어 선생 곁에 앉았다. 그때 선생이 내게 맥주를 따라주었으므로, 컵을 기울이자 선생은 "맥주는 컵을 기울여서 받는 것이 아니네"라고 말하셨다(그 이후 난 맥주잔을 기울이지 않고 받으려 노력했다. 이따금 맥주를 마시면 그때 일이 생각난다).

그날 밤 지리 선생은 내게 "4일 후 8월 19일에 토우시즈나이〔東静内〕의 사사키 타로 씨 집에서 녹음하는데 형편이 닿으면

오시오"라고 말씀하셨다. 당일 나는 토우시즈나이로 가서 사사키 씨 댁에서 저녁 대접을 받고 시즈나이 여관에서 숙박했다.

그 이후 1년 남짓 지리 선생을 뵐 기회가 없었다. 그러다 1958년 10월 3일 집 근처 산에서 땔감을 하고 있는데 집사람이 선생의 속달우편을 들고 왔다. 편지 내용은 형편이 된다면 10월 4일 오후에 노보리베츠〔登別〕온천이 있는 여관으로 와 달라고 씌어 있었다. 나는 장작더미에 걸터앉아 선생의 편지를 감격스럽게 읽었다(그 편지는 지금도 내 보물의 하나이다).

약속된 10월 4일 숙박소를 변경한 호텔로 가니 신속하게 선생의 방으로 데려다 주었다. 선생은 당시에는 아주 귀했던 테이프 레코더(녹음기)를 놓고 기다리고 계셨다.

그날은 이것저것 두 시간 정도 녹음했다. 저녁 식사로 맛있는 진수성찬을 즐기면서 시간이 흐르는 것도 잊은 채 선생과 환담을 나누었다. 부인도 함께였다. 그날은 선생과 같은 호텔에서 묵었다. 방은 218호실이었다.

그로부터 한 달 남짓 지난 11월 7일 다시 선생의 연락을 받았다. 치토세〔千歲〕시와 우사쿠마이 다리 사이에서 오른쪽으로 들어간 나이페츠 계곡으로 연어잡이 기록 영화를 촬영하고 싶었다. 연어잡이를 할 사람을 모아 라우오마프(어살)와 마레프(연어잡이 갈고리)도 준비해 달라고 했다.

그날 니다니 이치타로 씨, 가와가미 야스타로 씨와 나는 트럭에 라우오마프와 마레프 등을 모아 치토세로 향했다. 나이페츠 계곡에서 선생과 합류, 계곡 조금 상류 지점에서 계곡의 위와 아래를 그물로 막고, 그 안에 부화장에서 갖고 온 연어를 스물네 마리 풀어 놓고 아이누식 어획법──마레프로 찌르거나 라우오마프에 넣은 연어를 이사파키니(연어의 머리를 두드리는 방망이)로 두드려 연어를 개울가로 던져 올리며 맘껏 촬영했다.

촬영 후 내가 어렸을 적 아버지와 연어잡이 갔을 때, 밤이 되어 잡은 연어의 암수 구별이 되지 않으면 아버지가 다가가 연어의 코를 쓰다듬었다. '오니도시'하고 말하면, 나는 새끼손가락 굵기의 버드나무 가지를 10센티미터 정도로 꺾어 알의 유출을 방지하기 위해 그것을 산란구에서 꼬리 쪽으로 기울여 꽂았다는 말을 했다.

그러자 선생은 산란구에 가지를 끼우는 것을 아이누어로 '오니도시'라 하느냐 '오닛우시'라 하느냐며 몇 번이나 반복해서 내게 물었다.

그날 밤은 치토세 여관에서 이런저런 이야기를 나누면서 묵고, 다음날 아침 헤어질 즈음 선생은 내 손을 잡고,

"이번 여행은 많은 도움을 받았소. 덕분에 좋은 기록을 할 수 있었소. 앞으로 어떠한 일이라도 좋으니 아이누에 관해 들으면 그 내용을 써두기 바라오. 가령 옛날 사람들은 대변을 본 후 무엇으로 닦았는가 하는 것까지도. 또 그 이야기는 언제, 어디에서, 누구에게 들었다는 식으로"라며 말씀해 주셨다.

이때 지리 마시호 선생의 말은, 지금 하고 있는 내 일을 진심을 다해 행할 수 있도록 결심하게 해준 말이라 해도 과언이 아니다. 이 말은 커다란 격려가 되고 지침이 되었다.

유감스럽게도 그로부터 3년 후인 1961년 6월 9일 지리 마시호 선생은 쉰한 살의 나이로 세상을 떠나셨다. 그러나 생전에

선생은 우리들 아이누에게 커다란 목표를 주어 아이누의 표본을 보여주셨다. 지리 마시호라는 커다란 별이 나타남으로써 아이누인은 스스로를 자각하고 스스로를 재평가하게 된 것이다. 선생이 아이누인으로서 고민하고 고뇌하면서 남기신 학문적 업적은 영구히 썩지 않고 우리들 마음속에 불멸의 별로 반짝이고 있을 것이다.

지리 선생을 처음 비라토리 사무소에서 만난 1957년경부터 나는 조금씩이지만 조각품으로 생계를 유지하고 있었다. 내가 조각품에 손을 댄 것도 꽤 오래된 이야기이다.

1952년에 소우운 협곡 안에서 '가야노조' 사람들 쉰 명 정도를 데리고 산일을 하러 갔을 때, 협곡에 아이누 세공 관광상품점이 있어 안으로 들어가 보니, 진짜 아이누 세공품은 별로 보이지 않았다. 나는 어렸을 때부터 가이자와 키쿠지로 씨의 파이프 조각과 가이자와 우에사나시 씨의 쟁반 조각 등 선배들이 조각하고 있던 아이누 세공품을 보고 자랐으므로 가게 간판에 커다란 의문을 품게 되었다.

'좋아, 집으로 돌아가면 정확한 아이누 세공품을 내가 만들어야지.'

나는 그렇게 생각하면서 가게를 나왔다.

소우운 협곡에서 산일을 마치고 집으로 돌아온 다음부터 조금씩 아이누 세공품을 조각하기 시작했다. 그것이 조각품을 새기기 시작한 발단이 되었다.

제일 처음 가이자와 젠타로 씨에게 달려가 쟁반의 비늘 모양의 삼각형 무늬를 조각하는 방법을 배웠다. 부족한 도구로 어떻게든 해보았다. 처음에는 쟁반을 만들었지만 좀더 간단하게 만들 수 있는 투키파스이(받들어 모시는 술 젓가락)를 조각하며 비늘 모양의 무늬를 만드는 연습을 했다.

처음에는 산일을 끝내고 돌아왔을 때 집에서 조각을 했지만, 산일을 하러 가서도 비가 와 일을 쉴 때, 합숙소에서 쉬는 동안 파스이(젓가락)를 조각했다. 그렇게 조금씩 능숙해져 나의 조각품이 팔 만한 물건이 된 것은 1954년경이었다. 그 무렵이 되자 파스이 · 쟁반 · 니마(나무그릇) 등 만드는 품목도 많아졌다.

조각품만으로 먹고살게 된 것은 1959년 여름부터이다. 조각품 일은 그다지 돈이 되지 않았지만 산일보다 훨씬 괜찮다는 생각이 들었다. 당시 산일을 하는 합숙소에서 한 달 일하면 3만 엔을 받았다. 그 절반은 식비와 기타 비용으로 들어갔다. 남은 1만5천 엔으로 가족이 생활했는데 어떤 때는 돈이 모자랄 때도 있었다. 집에서 조각품을 만들어 2만 엔 정도를 벌었다. 이렇게 한 가족이 먹고사는 데 부족함이 없고 내게도 돈이 조금씩 들어왔다. '이부자리를 짊어지고 합숙소로 가기보다 집에서 조각품을 만드는 쪽이 훨씬 좋다'며 산일을 하러 가는 친구들에게 말해서 조각품을 만드는 동료도 늘어났다. 마침 관광붐이 일면서 조각품도 잘 팔렸다.

나는 약간의 돈을 저축하여 아이누 민예품을 수집하기 위해 이 마을 저 마을 돌아다녔는데, 전날까지 일하던 할아버지가 오늘 아침 죽었다던가, 아직 건강하게 보이는 할머니가 병으로 입원했다는 말을 자주 듣게 되었다. 나는 지리 선생의 가르침으로 아이누의 언어가 소중하다는 것을 알고 있었는데, 아이누어를 자유롭게 말할 수 있는 할아버지 할머니들의 이야기를 듣고 기록할 만큼의 여유는 없었다.

'이래서는 안 되겠다, 아이누의 민예품은 어느 정도 모았으니 앞으로 아이누의 언어, 아이누의 이야기, 아이누의 풍습을 모아야 한다'고 생각하기 시작했다. 1958-59년 무렵이었다. 그 일을 하려면 녹음기가 필요했지만 구입할 돈이 없었다. 여러모로 궁리를 하고 있을 때 큰 일이 생겼다.

나의 부친이 돌아가셨을 때 인도자가 되어 주셨던 니다니 쿠니마츠 씨가 1960년 2월 3일 돌아가셨다. 쿠니마츠 씨의 아이누 인도식은 마지막 남은 동생 이치타로 씨가 행하게 되었다.

나는 이 장례식을 녹음기로 기록해두어야겠다고 생각했다. 그래서 유족에게 부탁해보았다.

"쿠니마츠 씨의 장례식은 정식 아이누식으로 행하는 마지막이 될 것이다. 아마 언어상으로 진짜 이요이타코테(인도식)는 다시 들을 수 없게 된다. 쿠니마츠 씨는 아이누 풍습에 대해 잘 알고 계셨는데 그 풍습이 사라지는 것을 슬퍼하셨다. 그러니 아이누 학자에게 이런저런 것을 배웠으니 이번 장례식 모습을 꼭 녹음기로 기록하고 싶다."

유족들은 나의 바람을 흔쾌히 받아들여 주었다.

녹음기를 준비해야 했으나 그때도 그것을 구입할 돈이 없었다. 나는 좀처럼 간 적이 없는 비라토리쵸 사무소로 달려갔다. 사무소 사람에게 니다니 쿠니마츠 씨의 장례식 모습을 녹음하고 싶으니 녹음기를 빌려 달라고 신청했다. 사무소 사람이 승낙하며, '녹음기는 의회의 것이니 의장에게 차용증을 쓰라'는 것이다. 나는 '비라토리쵸 의회의장 이가라시 사다지[五十嵐貞治] 님'이라 쓴 차용증에 서명하고 대형 녹음기를 빌렸다. 사무소 사람에게 부탁하여 코드만 꽂으면 작동되게 해달라 하고, 소중한 물건을 가슴에 품듯 안고 돌아왔다.

그날은 2월 5일이었다. 유족들이 울며 슬퍼하는 가운데 나는 '가장 행운아'가 될 기회를 잃어버린 이치타로 씨가 마지막으로 인도하는 소리를 녹음하려고 마이크의 코드를 연결했다. 사정을 모르는 조문객은 가야노란 놈은 어째 불경스러운 행동을 한다고 생각했을 것이다. 그들의 달갑지 않은 눈길을 느껴 몸이 움츠러들면서도 한 시간 가까운 장례식 모습을 녹음했다.

니다니 쿠니마츠 씨의 장례식을 기록한 그해 9월, 나는 바라고 바라던 녹음기를 손에 넣을 수 있었다. 하지만 대금을 모두 준비하지 못해 비라토리쵸 사무소를 통해 '세대갱생자금(世帶更生資金)'이라는 명목의 돈을 5만엔 빌렸다. 그것으로 2만9천엔의 녹음기 대금을 지불했다. 그렇게 빌린 돈은 명목상 말 그대로 생활부조 가정으로 전락할지도 모르는 가정에 빌려주는 것이다.

당시 테이프도 한 시간 분량이 5백엔 정도였는데 나로서는 쉽사리 살 수 있는 값이 아니었다. 테이프를 몇 개 사지 못했으므로 녹음한 이야기를 모조리 노트에 베끼고, 녹음 테이프의 소리를 지우고 다시 녹음하는 식이었다.

그런데 녹음을 위해 이야기를 들려주던 할머니가 죽으면 그 소중한 목소리, 이야기가 사라지게 해서는 안 된다는 생각이 들었다. 돈은 들어도 테이프만은 그대로 보존하자고 결심했다.

녹음 비용(테이프·교통비·간단한 선물)과 아이누 민예품을 살 비용을 마련하기 위해 더욱 돈을 벌어야 했다. 1961년부터 집에서 계속 조각품을 만들면서 여름철에만 노보루베츠 온천의 케이블 회사에서 근무했다.

관광지에서 '아이누인'으로 일하는 것은 탐탁치 않았다. 내가 그때까지 배워온 아이누 민족 고유의 방식, 아이누 문화, 아이누 정신에도 위반되는 일이 많았다. 그러나 집에서 조각품을 만드는 것보다 훨씬 많은 돈을 벌 수 있었으므로 아이누 민예품 수집에도 녹음에도 많은 도움이 되었다.

내가 일한 곳은 '곰 목장' 옆이었다. 그 옆에 아이누식 집을 짓고 안에서 곰 전송할 때의 노래와 춤을 30분간 관광객에게 보여주는 것이다. 사실은 5년이나 10년에 한 번 하던 행사를 하루에 서너 번은 행했다. 아무리 돈 때문이라 하지만 일본 본토에서 찾아온 관광객, 희귀한 동물을 보듯 아이누인 우리들을 보는 관객 앞에서 기쁘지도 즐겁지도 않은데 노래부르고 춤출 때의 참담함을 누구에게도 설명할 수가 없었다.

춤이 끝나면 관객이 무리지어 와서,

"일본어를 잘 하시는군요. 어디서 배웠지요?"

"음식은 어떤 것을 먹는가요?"

"학교는 '일본인'과 함께 다녔나요?"

"세금은 내는가요?"

라는 질문을 했다.

처음엔 관광객인 줄 알면서도 그런 질문을 하면 일부러 차갑게 대했지만, 매일매일 똑같은 질문을 많이 받았으므로, '일본인'의 대부분은 아이누의 현상을 전혀 모르고 있다는 것을 알게 되었다.

그 이후부터 생각을 바꾸어 그런 질문에도 정중히 대답하고, 되도록 많은 관광객과 이야기하려 노력했다. 또 아이누 민족의 역사와 아이누어와 풍습이 사라지고(사라진) 있는 사정에 대해서도 상세하게 설명하고자 노력했다.

그런 노력을 하는 동안, 홋카이도로 관광하러 온 많은 사람들은 장사만을 위해 옛날식 아이누의 집과 살림도구, 보여주기 위한 아이누 의상을 걸친 아이누, 아이누의 의식으로 보여준 곰 전송을 보고 현대 아이누인의 생활 전부를 알게 되었다는 착각을 안고 돌아갔다. 기념 사진을 보여주며 가족과 친구들에게 아이누에 대해 이야기를 해주었다.

이리하여 우리들 아이누는 또 오해를 받게 되었다. 관광지에서 이러이러한 일을 하고 있는(시키고 있는) 아이누인으로 인해 많은 아이누에게 심각한 피해를 입히고 있는 것도 사실이다. 하지만 나는 관광지에서 일하고 있었으므로 '관광 아이누'의 아픈 마음을 잘 알고 있어서 일방적으로 그들을 책망할 수 없었다.

나는 '관광 아이누'로서 벌어들인 돈을 들고 돌아와 민예품 수집, 녹음으로 바쁜 나날을 보냈다. 그동안 관광지에서 얻은 경험을 어떻게 니부타니에서 활용할지를 생각했다. 1962년에 개설된 니부타니 생활관에 아사히카와에서 조각가 선배를 초청하여 목조 강습회를 열고, 니부타니산 목조품을 상품으로 통용하고자 노력했다. 본래 소질이 있는 니부타니 청년들은 눈부시게 실력이 향상되어 자신들이 만든 조각품을 삿포로나 아시히카와에 짊어지고 가서 민예품 가게에서 팔았다.

이 무렵 관광붐이 일어 아이누의 아츠시오리(두꺼운 천짜기)가 재평가되었다. 니부타니에서도 가이자와 미나오 씨와 가이자와 하기 씨를 비롯한 몇몇 여인들에 의해 가까스로 계승되고 있던 아츠시오리의 수요가 많아져 그 기술이 순식간에 니부타니에 확산되었다.

우리 집사람도 아츠시오리 기술을 가이자와 하기 씨의 큰딸인 스미꼬에게 배웠는데, 혼자서 짤 수 있게 되기까지 2,3년이 걸린 것 같다. 집사람은 가이자와 하기 씨의 제자가 된 셈이다.

겨우 아츠시오리를 짤 수 있게 된 1962년, 집사람과 나는 와세다대학 문학부에서 자료용으로 무늬가 들어간 '돗자리' 몇 점을 만들어 달라는 의뢰를 받았다. 이 돗자리는 폭이 1.2미터, 길이 21미터 정도 크기의 것이다.

이 무늬 돗자리를 짜는 방법을 알고 있는 사람이 없는지 마을에 사는 할머니들에게 탐문했으나 모두 모른다고 했다. 나는 사람이 한 명 있었지만 이미 눈이 멀어 짤 수가 없다는 대답이었다. 나는 마음을 단단히 먹고 집사람과 둘이서 짜보기로 했다.

나의 수집품 중에서 좋은 것을 하나 견본으로 삼아 돗자리 실의 간격을 측정하여 모양을 만들었다. 그리고 옆 막대기에 돌에 감은 실을 끼워 견본용 돗자리를 눈앞에 매달아 그것을 관찰하면서 짜기 시작했다. 평범한 곳은 그나마 괜찮았는데 모양이 들어간 부분을 짜는 방법을 좀처럼 알 수 없었다. 그래서 또 다른 옛날 돗자리를 살짝 풀어가며 그대로 짰다. 한 번에 외워지는 것이 아니라 몇 번을 짜고 풀고 짜고 풀기를 반복하다 겨우 짜는 방법을 터득하여 무사히 돗자리를 와세다대학에 건네줄 수 있었다.

이처럼 힘들게 외운 것은 결코 잊혀지지 않는 것으로 집사람은 이후 많은 의뢰품을 혼자 만들 수 있게 되었다.

집에 있을 때는 이런 일을 하다가 여름만 되면 다시 관광지로 나갔다. 관광지에서 보여주는 구경거리뿐만 아니라 조각 기술도 팔아 내가 조각한 것이 비싸게 팔리면서 급료도 높아졌다. 하지만 급료가 높아진 만큼 그 사회에서 요구하는 속박의 사슬도 굵어지게 마련이다. 이대로 있다간 "가야노 씨, 수염을 길러 (관광용) 촌장이 되어 주시오"라는 말을 듣게 될 것 같았다.

분명히 니부타니에 있을 때처럼 아침부터 저녁까지 땀흘려 일하지 않아도 노래하고 춤추어 남아돌 만큼 돈을 벌 수 있으니 괜찮은 일이라 할 수 있다. 하지만 나의 생각은 다른 곳에 있었으므로 여름에만 1961년부터 1967년까지 7년 동안 일하다 관광지 일을 그만두었다.

1968년 나는 집 바로 밑을 지나가는 국도변에 아이누 조각품 가게를 냈다.

가게를 지을 돈이 없었으므로 가이자와 아키라 씨에게 부탁하여 건물 한 동에 네 개의 임대점포를 짓게 했다. 그리고 가이자와 마츠이치, 가이자와 미츠오, 나를 포함한 네 사람이 가게를 열었다. 이것이 비라토리에서 니부타니, 니오이로 이어지는 국도 237호선을 따라 서 있는 민예품 가게(현재 50점포 가량 있다)의 시작이다. '내 가게 물건은 다른 가게와 달라야지' 하며 '가야노 공예점' 이라 간판을 붙였다.

그러다 가게는 국도 닛쇼우토우게[日勝峠]까지 개통되어 니부타니 코탄이 관광 코스로 들어갔기 때문에 조금씩 매상이 늘어갔다. 나의 본업이 조각품이 된 것이다.

(이 가게도 니부타니의 모든 사람이 가게를 시작했으므로, 1975년 점원으로 일해 주었던 아주머니에게 그대로 물려주었다.)

긴다이치 쿄우스케〔金田一京助〕
선생과의 만남

1962년 8월 '관광 아이누'로 일하던 노보루베츠에서 또 한 명의 아이누 연구자 긴다이치 쿄우스케(1882-1971, 언어학자) 선생을 만나게 되었다.

긴다이치 선생하면 아버지의 자랑거리였다. 아이누어 연구를 위해 찾아왔던 선생이 아버지에게,

"아이누의 소중한 언어로 같은 어미를 갖는 것 세 가지"라고 질문하면,

아버지는 망설임없이,

"노이페(뇌수), 판페(심장), 파룬페(혀)"라 대답했다.

그러면 선생도 생긋 웃으며

"시레톳(기량), 라메톳(담력), 파웨톳(응변)"이라 응수하여 둘이 크게 웃었다는 이야기를 들었다.

아버지는 누군가와 아이누어에 대해 이야기를 나누면 반드시 이 긴다이치 선생과 주고받은 이야기를 꺼낸다.

긴다이치 선생은 1961년 6월 지리 마시호 선생이 돌아가셨을 때 나는 삿포로까지 조문을 갔다가 장례식장 바깥에서 차 안에 있는 모습을 처음 슬쩍 뵌 적이 있다. 그때 '옛날부터 유명한 선생인데 젊구나' 하고 느꼈었다.

그로부터 약 1년 뒤인 8월 26일, 내가 일하던 관광온천에 함께 일하러 와 있던 히라가 사가모 씨에게 '유카라'(아이누어로 '서사시(敍事詩)'의 의미를 가진 것 같다)의 알 수 없는 언어를 들으러 긴다이치 쿄우스케 선생이 찾아왔다. 나는 대면한 적도 없는 선생에게 버릇없게도 방해가 되지 않을 테니 공부하는 모습을 보고 싶다고 간청했다. 그러자 선생은 "아, 좋습니다"라고 허락했고, 나는 선생과 사가모 씨가 주고받는 말을 가만히 들을 수 있었다.

선생이 사다모 씨에게 하는 질문을 곁에서 들으면서, '이건 이렇구나, 저건 저렇구나' 하는 것을 알게 되었다. 하지만 사다모 씨가 모른 것이 나와도 한마디 하지 않고 묵묵히 듣고 있었다. 그 공부는 아침 9시경부터 밤늦게까지 계속되었다.

하루의 공부를 끝내고 쉴 때, 나는 선생의 그날 '유카라'는 '이러이러했다'며 그 줄거리를 거침없이 말했다. 그랬더니 선생은 너무도 놀란 것 같았다. 안경을 올렸다 내렸다 하면서 나의 얼굴을 다시 살펴보며,

"젊은이가 이 정도로…… 신께서 나를 위해 좋은 사람을 남겨 주셨구나. 신에게 감사드립니다"라며 칭찬을 아끼지 않았다.

그 자리에는 선생의 조수 무라사키 씨, 히라가 사다모 씨도 있었다. 선생은 계속 말을 이으면서,

"유카라를 일본어로 이렇게까지 유창하게 줄거리를 들려준 사람은 일찍이 없었네, 좋아, 앞으로 내 공부를 도와주시오"라며 손을 내밀어 악수를 청했다. 이것이 긴다이치 쿄우스케 선생과의 첫 만남이었다.

그 이후부터 긴다이치 선생과 유카라에 대한 질문, 응답의 편지 교환이 시작되었다. 편지 내용이 서로 일치하지 않을 때는 내가 상경하여 스기나미〔杉並〕의 히가시덴쵸 자택에서, 대부분은 아타미〔熱海〕의 숙박지인 미즈바테이〔水葉亭〕로 일을 갖고 가서 1주일이나 2주일 틀어박혔다.

처음 아타미에 갔을 때 우리들이 숙박지에 도착하면 미즈바테이의 주인을 비롯하여 많은 종업원이 마중을 나왔다. 나는 놀라며 선생 뒤를 쭈뼛쭈뼛 따라 들어갔다. 선생이 나를 "이 사람은 일부러 홋카이도에서 내게 아이누어를 가르쳐 주기 위해 오신 나의 선생님입니다"라고 소개했으므로, 나는 더욱 오그라드는 느낌을 받았다.

우리가 묵었던 방은 별관 '아케보노(여명)'이다. 이 방은 별관이 완성되고 최초로 숙박했던 선생이 지은 이름이라 했다. 도코노마(일본식 방의 상좌에 바닥을 한층 높여 만들어 놓은 곳) 벽걸이에 선생의

천지를 들여다보는 처마에 빛을 비출
커다란 등불인 태양이 떠오른다

라는 노래가 씌어 있었다. 이 노래는 매년 황거(皇居)에서 열리

는 신춘모임에 초청되어 참가할 때, 노래 제목 '등불'을 노래한 것 같다. 선생은 이따금 색화지(色和紙)를 구해 이 노래를 쓰는 것 같다.

첫날 밤 저녁 식사가 대단했다. 한 상 그득한 진수성찬을 보며 무엇부터 먹어야 할지 망설여졌다. 시험삼아 요리 재료의 종류를 세어 보니 서른여덟 가지 정도였다.

시중드는 사람은 게이코 씨로, 현관에 그녀가 나와 있으면 선생은 기분이 좋아져, '아직 좋은 인연을 만나지 못한 듯 외로워 보인다'며 말을 건네기도 했다.

아침 8시에 식사, 9시경부터 일하기 시작하여 저녁 5시경까지, 이전에 칸나리 마츠 씨가 말한 유카라를 베껴 쓴 옛날 노트를 가지고 나와, 한마디 한마디 천천히 읽었다. 노트의 본문은 로마자라 난 읽지 못했지만, 이전에 누군가에게 배워 기록한 번역문은 나도 읽을 수 있었다. 너무 선생 가까이 있으면 그 번역문이 눈에 들어와 선입관이 생길까, 멀리 떨어져 앉아 어디까지나 내가 알고 있는 범위에서 답변했다.

하루의 일이 끝나면 선생은 저녁 식사 전 한 번씩 꼭 도쿄의 부인에게 전화를 하셨다. 부드러운 어투로 건강은 괜찮은가 물으셨다. 이시카와 다쿠보쿠의 친구였던 고야츠코 씨가 죽었다는 말을 전화를 들었을 때 "아, 가엾구나" 하고 말씀하셨다.

'여명' 여관에서 선생과 둘이 이부자리를 나란히 하고 잘 때면 느린 어투로,

"문화훈장도 받았고 해마다 부족함이 없어지는데, 너무 오래 살다보니 친구들이 모두 세상을 떠나 쓸쓸하네. 내가 죽으면 와

긴다이치 쿄우스케〔金田一京助〕 박사와 저자
(아타미의 미즈바테이)

줄 친구가 없는 것이 가장 서글프구나"
라고 혼잣말하셨다.

　선생은 아주 인자하신 분으로, 그때 미즈바테이의 이타마에
씨에게 받은 휘파람새가 도쿄 자택에서 농약이 묻은 야채인지
모르고 먹이로 주어 죽어 버렸다. 선생은 그 일을 슬퍼하며 추
억의 노래를 10수 지어 작은 책에 써서 이타마에 씨에게 선물한
적이 있다.

　기나긴 일에 지치면 아타미에서 줏코쿠도게〔十國峠〕를 넘어
하코네의 관문을 자동차를 타고 가서 나를 안내해 주거나, 또
처음 갔을 때 오오무로야마〔大室山〕로 데려가기도 하고, 유약
을 바르지 않고 낮은 열에 구은 유노미챠완(湯呑茶碗, 챠완은
이름 그대로 차를 마시기 위한 그릇이며, 유노니〔湯呑〕나 유노미

챠완〔湯呑茶碗〕으로 불린다)에 '오오무로야마 공원에서 가야노 시게루 군과 함께. 1962년 2월 22일, 쿄우스케'라 써서 구워주셨다.

(언젠가 명지관음(明智觀音)을 배알했을 때 선생이 썼던 색화지(色和紙)가 2,3년 전 아타미에 갈 때마다 아직도 걸려 있는 액자를 볼 때마다 선생이 너무도 그리워졌다.)

몇 번째인가 아타미에 갈 때마다 나는 투키파스이(받들어 모시는 술 젓가락) 재료를 지참하여 선생을 위해 내가 가장 자신있는 투키파스이를 눈앞에서 조각하여 드렸다. 그러자 선생은 "나를 위해 조각해 주다니 자네를 위해 뭔가 써주고 싶군"하며 일부러 시내로 색화지(色和紙)를 구입해서,

'鐵志玉情'(뜻은 쇠붙이처럼, 정은 구슬처럼)

이라 써주셨다. 이것은 선생이 내게 주신 마음의 지침으로, 지금까지 내 보물의 하나로 소중히 간직하고 있다.

아타미에서 모든 일이 순조롭지는 않았다. 1965년 2월 17일 이런 일도 있었다.

유카라 속에 나오는 이야기로, 한 여인이 약혼자를 배반했다. 약혼자는 화가 나서 그 여인의 머리카락을 오른손으로 잡아채고 괴롭히는 장면이 있다.

"웬메노코(나쁜년), 리쿤쵸로카(위···?), 란케쵸로카(아래···?), 아에키키(그것을 때리고 또 때리고)"의 '쵸로카'를 도저히 알 수 없었다.

이야기의 줄거리에서 '쵸로카'는 집안의 재료일 것으로 짐작되지만, 기둥은 '이쿠시페'(유카라에 나올 때는 톤토)라 한다. 들

보는 '우만키.' 온갖 집안 살림가구 이름을 아이누어로 생각해 봐도 '쵸로카'는 없다.

결국 숙제로 미뤄두고 니부타니로 돌아오자마자 바로 부근에 사는 할머니들에게 탐문을 해보았지만 알 수 없었다. 그러나 8킬로미터 가량 떨어진 곳에 살고 있는 구로카와 테시메 씨가 그 '쵸로카'의 의미를 해독해 주었다.

'쵸로카'는 유카라이므로 언어를 줄인다, 쵸로카는 치에호로카(나를 거꾸로 들다)라는 의미라고 한다. 그러므로 리쿤쵸로카는 리쿤치에호로카(위로 나를 거꾸로 들다), 란케쵸로카는 란케치에호로카(아래로 나를 거꾸로 들다)가 된다. 사물의 이름으로 생각했는데 사실은 사람의 움직임을 묘사한 것이다.

테시메 씨의 명쾌한 대답은 너무도 기쁜 일이라 나는 그날 바로 선생에게 편지를 써보냈다.

이처럼 나는 아이누어를 전부 알지는 못한다. 알 수 없는 언어를 '이러하겠지' 하고 상상하며 일일이 단어로 분해할 수 없는 경우도 있었다. 선생과 둘이 생각해도 알 수 없으면 집으로 들고 돌아와서 이렇게 명쾌하게 답이 나온 것은 오랜 기간 동안 이 한 가지 사례뿐이었다.

유카라 해독 작업은 늘 아타미에서 행한 것은 아니다. 도쿄·스기나미의 선생 자택에서 행한 적도 있었다. 그런데 자택에서의 작업은 힘들었다. 방문객이 끊임없이 왔기 때문이다. 처음 방문한 손님이 있는데 다음 손님이 들어온다. 처음 손님이 돌아가면 세번째 손님이 오는 식이었다.

선생은 손님이 오면 아무리 바쁠 때라도 꼭 만나 주었다. 마음 깊이 즐거운 듯 행동하며, 재미있는 이야기를 들으면 안경을 벗고 양손으로 눈물까지 닦으면서 웃으셨다.

선생을 흠모하여 방문하는 사람이 많았다. 때로 나도 그분들과 함께 선생의 이야기를 들은 적이 있었는데, 선생이 젊은 시절 수입이 없어 힘들었다는 이야기도 들었다. 사정은 다르지만 나도 그런 생활의 연속이었다.

겨우 모든 손님이 돌아가면 책상 주변으로 돌아와서 풀썩 주저앉았다. 그리고 "자네가 애써 홋카이도에서 와주었는데, 오늘도 일이 되지 않아"라며 내 얼굴을 보았다. 그럴 때면 갑자기 선생이 늙어 보였다.

그 무렵 선생은 경제적으로 대단히 윤택했는데, 끊임없이 배달되는 우편물 속에 무슨무슨 은행의 액면가 몇 십만 엔의 수표가 들어 있으면, 그것을 다른 상자에 아무렇게나 넣었다. 그 모습을 보며 '젊을 때 힘들었던 것은 나이들면 보상받는 거야, 선생은 지금 분명 행복하겠지' 하고 생각했다.

그런데 선생은 스스로 돈을 사용한 적이 별로 없는 탓인지, 돈에는 무지한 것인지 무관심했다. 물건의 화폐 가치가 바뀐 것도 잘 모르고 있는 것 같았다. 내게 준 여비가 아주 옛날 계산이거나, 어떤 때는 아예 잊어버리거나, 이미 주신 것도 또 보내주신 적도 있다. 나는 돈을 떠나서 '아이누어가, 유카라가 후세에 바르게 전해질 수 있다면' 하는 생각으로 몇 번이고 몇 번이고 선생이 계신 곳으로 상경했다.

그래도 조금 아깝게 생각되는 일이 한 가지 있다.

언제나처럼 선생 댁에서 일하고 있을 때 선생이 문득 생각난

듯이 옆의 상자 속을 더듬어 노란색의 벽돌 벼루를 한 개 꺼내왔다. 그리고 "이 벼루는 몇 백 년인가 옛날 중국의 어떤 유명한 건물 지붕 기와로 만든 것이다, 이것을 주겠다"며 그 벼루를 내 쪽으로 밀었다.

하지만 난 그 벼루를 받을 수 없었다. 누군가 곁에 있다면 이야기가 달라지지만, 선생과 나 단 둘이 있을 때 그렇게 소중한 물건을 받을 수 없다며 한사코 거절했다. 선생은 받을 수 없다는 내 얼굴을 보고, '그런가, 받아주지 않겠는가' 하는 듯한 표정을 지었다.

(지금도 그때 선생의 얼굴과 벼루가 겹쳐 나의 뇌리에 박혀 떠나지 않는다. 역시 받았어야 했다고 생각하기도 하지만, 아니, 그것으로 괜찮다, 받지 않았으니까 지금도 그 벼루를 잊지 않고 있지 하며 혼자 중얼거리기도 한다.)

1968년 10월 6일, 긴다이치 쿄우스케 선생을 초대하여, 선생과 연고가 있는 땅 니부타니에 긴다이치 쿄우스케 박사의 노래비 건립 제막식이 있었다. 참석자는 백여든 명 정도. 가이자와 타다시〔貝澤正〕회장을 중심으로 엄숙하게 식이 거행되었고, 내가 사회를 맡았다. 제막은 선생과 인연이 깊은 와카루파 에카시의 증손자가 행하였다. 비석의 노래는,

말하지 않는다, 소리도 내지 않는다
단지 돌은 온몸으로 자신을 말할 뿐이다

점심 식사 후 니부타니 소학교에서 선생의 기념 강연이 있었다. 3시에 축하회, 밤에는 나의 집에서 묵으셨는데, 너무도 기쁘신 것 같았다. 현재 우리집 현관에 걸려 있는 표찰은 그때 선생에게 써드린 것이다.

노래비 제막식을 위해 오신 걸음이 선생의 마지막 홋카이도 행이 되어 버렸다. 선생은 1971년 11월 14일에 돌아가셨다. 남겨진 막대한 아이누어 문헌·자료는 문자 그대로 아이누의 보물이 되었다.

선생의 노래비는 지금까지도 아름다운 모습으로 우리 니부타니 코탄을 지켜 주듯 서 있다. 이 노래비가 있는 한 니부타니 사람의 가슴에 긴다이치 쿄우스케 선생은 영원히 남아 있을 것이다.

아이누 자료관을 만들다

1970년 3월에 과로로 늑막염에 걸려 니부타니에서 1백 킬로 떨어진 도마코마이[苫小牧] 시립병원에 입원했다. 8년 전인 1962년 5월에도 역시 과로로 늑막염을 앓아 한 달 입원하시오 했던 것이 세 달로 길어져 오래 입원한 적이 있었다. 이번에 그 늑막염이 재발했다.

그러나 지난번 입원 때와 달리 불안이 머릿속에서 떠나지 않았다. '내가 죽으면 지금까지 모은 아이누 민예품과 녹음 테이프는 어떻게 될까' 하는 것에만 신경이 쓰였다. '이렇게 죽을 수는 없다, 어떻게 하면 나을 수 있을까'를 생각했다.

그 결과 몸을 병원에 맡겼으니 의사와 간호사가 말하는 것을 정확하게 지키고, 그 이외의 일은 아무것도 하지 않고 일기 쓰는 일도 그만두고 머릿속부터 비우자고 스스로에게 말을 했다.

그렇게 결심하니 열도 점점 내려가고 입원 한 달째부터는 체중도 불기 시작하여 입원할 때 60킬로그램에서 70킬로그램이 되었다. 6개월 반만에 퇴원했다.

(나는 1946년 5월 5일부터 어제까지 일기를 썼는데, 두번째 입원을 했던 약 6개월 반은 공백이다.)

퇴원 후 그때까지 모은 아이누 민예품 보관을 신중하게 생각하기 시작했다. 여하튼 그때까지 약 18년 동안 모은 민예품은 약 2백 종류의 2천 점에 달했고, 우리집 거실·아이 방·복도·벽장 등 공간이라는 모든 공간을 점령하고 있었다. 가족은 민예품 속에서 고개만 내밀고 생활하는 것같이 보였고, 생활의 불편은 한계에 달해 있었다.

그렇게 불편한 생활보다 만의 하나 불이라도 나면 어떻게 하나 불안했다. 수집하는 데 쓴 돈은 내가 낸 것이니 괜찮다 해도, 민예품은 우리들 아이누의 역사를 말해 주는 아이누 공유의 재산이다. 나 혼자만의 힘으로라도 자료관 같은 건물을 세우자 결심했다.

즉각 비라토리쵸의 목수 도바 이치로〔戶羽一郎〕 씨와 상의했다. 도바 씨는 칸막이가 없는 건물이라면 옛 재료를 사용하여 30평(약 1백 평방미터)에 30만 엔에 세워 줄 수 있다고 했다. 자료관이라기보다 수장고(收藏庫) 같은 것이었다. 나는 즉각 집 근처 토지의 땅을 고르고 기초 공사용 철근과 틀을 사왔다.

그런데 나의 그러한 움직임에 대해 전해 들은 비라토리쵸의 야마다 사에이치로 정장(町長), 지방의 정회의원(町會議員), 지역(部落) 회장 등이 내게 찾아와 그러한 수장고보다 '건설기성회'라는 법인을 결성하여 많은 사람들이 볼 수 있는 자료관을 세우는 편이 보조금을 받기 쉽다고 했다.

나는 내 땅을 팔아서라도 내 힘만으로 세우고자 결심하고 목수에게 부탁하여 견적까지 뽑아 놓고 있었다. 그러나 나의 작은 힘보다 좀더 큰 설비를 갖춘 자료관을 세운다면 내가 수집한 민예품에도 다행스러운 일이다. 결심을 바꿔도 좋지 않을까 하고 생각하며 혼자 힘으로 세우는 것을 중지했다.

이 사업은 '홋카이도 우타리〔同胞〕협회'(아이누의 최대 조직. 이 협회회원으로 등록된 인원은 1만3,4천 명. 옛날부터 홋카이도에 거주하고 있는 사람들의 자손이 대부분이다)에서 뒤를 이어받아 '니부타니 아이누 문화자료관 건설기성회'가 조직되었다. 기성회의 회장은 홋카이도협회의 부이사장인 니부타니의 가이사와 다다시 씨에게, 상담역은 아이누어 지명에 대한 권위로 홋카이도 조달 회장 야마다 히데조〔山田秀三〕씨가 되었다.

즉각 자금 모집에 착수했는데, 거액 기부금은 야마다 히데조 선생의 조언을 구했고, 가이자와 회장과 나는 비교적 소액의 기부금을 모금하러 다녔다. 설계 등은 순조롭게 진행되었는데 가장 중요한 돈이 생각처럼 잘 모금되지 않았다.

가이자와 회장과 나는 아이누 모시리(홋카이도)에 우르르 몰려와서 제멋대로 소유를 주장하며 산의 나무를 마구 벌목하여 큰돈을 벌어들인 목재회사에서는 많은 기부금을 내겠지 하고 혼자 생각했었다. 하지만 그 계획도 크게 빗나가 버렸다.

토마코마이〔苫小牧〕의 커다란 목재회사들은 우리들을 몇 시간씩 기다리게 한 후 고작해야 2,3분 만나 주었다. 게다가 "취지는 잘 알겠습니다. 다음날 대답을 드리지요"라는 식이었다. '이런 대응을 할거라면 미리 나와서 한마디 해주고 들어가면 좋을 텐데' 불만스럽게 생각하면서 둘이 맥없이 돌아왔다.

비라토리쵸에 있는 목재회사도 그런 의미에서 차갑게 대하는 곳이 많았다. 꽤 오래전부터 니부타니의 산 속 깊이 오자와 안쪽까지 들어가 숯을 구울 나무를 베어 산을 황폐하게 만들면서 1만 엔 기부하는데 대여섯 번이나 찾아오게 만드는 회사도 있었다.

아사히카와까지 발을 넓혔을 때는 여러 가지 기부에 익숙해져 있는 여사장이,

"아, 잊지 않고 저희도 찾아주셨군요. 작년이라면 이 돈 뒤에 0이라도 하나 더 붙여 주겠지만, 올해는 회사가 어려워 약소합니다"라며 1만 엔 두 장을 내밀었다.

그렇게 어려운가 생각하며 2만 엔을 받아들고 왔는데, 그후 얼마 되지 않아 이 회사는 몇억 엔의 빌딩을 세웠다. 기부금 2만 엔과 빌딩을 건설한 억 단위의 돈은 다를 것이다.

자주 그런 일을 당하면서 '이런 수고를 할 바에야 집에서 조각품을 만들어 팔아 그 돈을 내 이름으로 기부하는 쪽이 빠르고 즐겁겠다'라고 가이자와 회장에게 불만한 적도 있었다.

끈기 있기 돌아다닌 결과, 일반 기부는 3백만 엔에 달했고, 비라토리쵸에서 2백70만엔, 홋카이도 도청에서 2백만 엔, 일본자전거 진흥회에서 4백35만 엔, 합계 1천2백5만 엔이 모금되었다.

당시 도청은 홋카이도 개척기념관을 삿포로 근처 노보로에 지을 계획이었는데, 그 기념관 건축 예정액은 37억 엔인 데 비해, 우리들 아이누인이 스스로 세우고자 한 아이누 문화자료관에는 고작 2백만 엔을 지출했다.

한편 우리들의 계획을 신문으로 알았는지 주간지에서 읽었는지 전혀 모르는 사람들 몇 명이 돈을 보내 주었다. 우리들은 그러한 사람들의 격려에 힘입어 열심히 모금을 다녔다.

당초 계획보다 1년 가량 늦게 1971년 봄에 착공하여 같은 해 12에 건물이 완성되었다. 50평 철근 콘크리트 건물의 훌륭한 자료관이다. 전시한 민예품은 수집품 중에서 엄선하여 약 2백 50종 6백 점이다. 그래도 아이누 민예품을 전부 망라된 것이 아니고, 부족한 것은 니부타니의 청년들과 나누어 제작했다. 그들이 만든 것에는 돈을 지불해야 했다. 역시 돈이 없어 가이자와 회장과 모금에 나섰다. 그렇게 한 점 두 점 보충하며 개관을 준비했다.

1972년 6월 23일 '니부타니 아이누 문화자료관'이 개관되었다. 개관식은 니부타니 생활관에서 행하고, 내빈들로부터 분에 넘칠 정도의 칭찬을 들었다. 물론 나는 기뻤지만, '이러한 사람들의 이해가 20년 아니 10년이라도 빨랐더라면 아이누 문화를 좀더 정확하게 보존 계승할 수 있었을 텐데' 생각하면서 칭찬하는 사람들의 발끝만 바라보고 있었다.

개관 4년 전인 1968년 10월 긴다이치 쿄우스케 선생의 노래비 제막식 때, 우리들은 '이 노래비를 아이누 문화 보존의 요체로 삼자'라고 그 비석 앞에서 맹세했는데, 노래비 바로 곁에 '니부타니 아이누 문화자료관'이 세워졌다.

이 자료관은 내 꿈의 실현이었는데, 건설하는 동안 나는 슬픈 현실도 맛보아야 했다. 그것은 어머니의 죽음이다. 어머니

저자의 어머니(1969)

는 1970년 12월 9일, 일흔하나의 나이로 세상을 떠나셨다.

나이 일흔 살이 넘자 어머니는 혼잣말처럼,

"옛날에 훌륭한 스님에게 (어머니가 종종 수행 스님을 재워 준 것에 대해 앞에서 다루었다) 당신은 나이들수록 행복해질 사람이란 말을 들은 적이 있다. 그러니 나는 죽을 때도 아무에게도 폐를 끼치지 않고 카무이카라온네 (말라죽은 나무가 소리도 없이 쓰러지듯이) 죽어야지"라고 하셨다.

나는 가만히 듣고 있었지만, '그래, 우리들이 깔고 자는 이불을 벗겨내서라도 어려운 사람을 재워 주신 신과 같은 마음을 가진 어머니니까' 라 생각했다.

훌륭한 스님의 예언대로 나이들수록 더욱 '먹을 것에 부족함이 없는 행복한' 노후를 보내고, 카무이카라온네(말라죽은 나무가 소리도 없이 쓰러지듯이) 돌아가셨다.

나는 경솔하게 나서기를 좋아하는 탓인지, 모르는 사람이 결혼하거나 죽으면 아이누어로 축사나 조문을 읊어주곤 했다. 긴다이치 쿄우스케 선생이 돌아가셨을 때도, 쿠보 이츠오[久保逸雄] 선생이 돌아가셨을 때도 아이누어로 조문을 읊었다.

1973년 4월에 니부타니 근처 비라토리쵸 니오이혼무라의 구로카와 테시메 씨가 돌아가셨다. 테시메 할머니는 긴다이치 선생이 몰랐던 유카라를 해독해 준 분이다. 유카라와 우에페케레 등을 잘 알고 있는 사람으로 나는 몇 번이나 그것을 녹음했다.

그의 장례식에 내가 초대받지 못했지만, 아침 식사 때 뭔가 사례를 할 것이 없는지 생각하다 10시 고별식 한 시간 전에 종이와 연필을 들고 지우개 없이 고쳐 쓰지 않고 진지한 승부를 하겠다는 기분으로 아이누어를 문자화하여 단번에 조문을 써내려갔다.

완성된 조문을 들고 고별식 시간에 빠듯하게 가서, 일보고 있는 사람에게 "사실 나는 구로카와 테시메 씨에게 들려주고 싶은 것이 있어 아이누어 조문을 준비해 왔습니다. 2,3분만 시간을 주시지 않겠습니까"라고 부탁하자, "좋습니다, 부탁합니다"라고 했다. 장례식은 불교식이었으므로 한차례 경과 조문이 끝난 뒤에 읽기로 했다.

읽기를 마치자 아이누어를 아는 노인들이 좋은 말이었다며 눈물을 흘리며 기뻐하셨다. 나는 그때 '아아, 아이누어는 살아 있다, 아이누어는 아이누의 가슴을 때리는 무엇인가가 있구나' 하는 것을 몸으로 체험했다.

그 조문의 전문을 다음에 기재한다.

쿠·코로·누페포	나의 부처님이시여
쿠·코로·캇케맛포	나의 숙녀여
우·누카라·헤타푸	만나 뵌 모습
아·키·카투·안	이라고 할까요
타네·아낫네	지금은 이미
카무이·카라·난카	신께서 만드신 얼굴
카무이·카라·시리카	신께서 만드신 몸
아·코로·와쿠스	당신이 가지셨으니
아이누·이타츠	인간이 하는 말

에 · 푸이 · 투마레   듣고 싶지 않다고

아 · 키 · 로츠 · 시리   생각하시겠지만

코 · 요이라 · 쿠니프   그것을 잊으라

소모 · 네 · 코로 · 카   하는 말은 아니지만

카무이 · 카라 · 이타츠   신이 만드신 언어

에카시 · 카라 · 이타츠   조상이 만드신 언어

우 · 네 · 야쿠스   이었으니

헤루 · 쿠완 · 노   아주 간단히

포네 · 오츠 · 카시   시신 위에서

치 · 케우에 · 호무스   위로의 말을

치 · 에 · 카라 · 카라 · 나   저는 바치옵니다.

치 · 야이 · 코 · 루시카   그것을 가엽게

에 · 네 · 카라카라 · 와   여겨

엔코레얀   주시옵소서

에야시리카   진정으로

이타츠 · 푸리 · 카   언어의 비단

아 · 이에 · 난코라   이라 하셨나이까

타네 · 아낫네   지금은 이미

토노 · 네마누프   일본이

코로 · 이렌카   지닌 법률

이렌카 · 카시   그 법률을

아 · 코이 · 카라 · 와   우리들도 흉내내고 있습니다

아 · 코로 · 와 · 피리카프   우리들이 지녀서 좋았던 것

아에 · 와 · 피키카프   우리들이 말해서 좋았던 것

아이누 · 이타츠	아이누의 언어
우 · 네로카와	이었건만
치 · 코 · 운 · 케시케	그것이 주술에 걸려
피칸 · 코라치	그와 똑같이
우라라 · 신네	안개처럼
라요치 · 신네	무지개처럼
에 · 챤 · 챤 · 케	사라져 버리고
이타츠 · 라마츠 · 카	언어의 영혼도
아 · 이 · 코우츠 · 노이네	약탈당하게
시리키 · 라포츠	되었던 그때
피리카 · 히네	좋은 점으로는
우나라페포	아주머니가
캇케맛포	숙녀님이
세코로 · 헤 · 쿠 · 이에	말씀하셨지요
아이누 · 이타츠	아이누의 언어
에 · 에라만 · 와	알고 계시다는
에 · 안 · 아안히	그 말을
쿠 · 누 · 와 · 쿠스	내가 듣고
치 · 코 · 텟테레케	찾아가서
피리카 · 이타츠	좋은 언어
이타츠 · 푸무툴	언어의 진수를
에 · 오로 · 아폰코	적지 않게
엔 · 누레 · 와	내게 들려주시어
쿠카오 · 와 · 안나	저는 그것을 녹음했습니다.

타파낫네	이것 역시
아이누 · 이타츠	아이누의 언어
이타츠 · 라맛네	언어의 영혼
오 · 투 · 사스이시리	두 개의 영원에서
오 · 레 · 사스이시리	세 개의 영원토록
에 · 오마 · 무니프	보존된
네루웨 · 타판나	것입니다
카무이 · 모시리	신의 국토
신릿 코탄	조상의 마을로
에 · 코 · 아라파	가시더라도
네 · 오카 · 타 · 네얏카	그 이후로도
이타츠 · 툰투 · 네	언어의 기둥으로
아 · 하웨 · 헤 · 아낫네	당신의 목소리는
싯누 · 와 · 안 · 와	살아 있어
아 · 코로 · 손 · 우타라	우리의 아이들
아 · 밋포 · 우타라	우리의 손자들이
우타츠 · 투라노	동료들과 함께
에 · 챠누프 · 코로 · 페	그것을 경전으로
네 · 루웨 · 네나	삼을 것입니다
쿠 · 코로 · 포네포	시신이여
쿠 · 코로 · 캇케맛포	숙녀님이여
인네 · 니시파	많은 분들과
캇케마츠 · 우타라	부인분들이
우타페라리	앉아 있습니다

이킷 · 툼 · 타	그 중에서
네프 · 쿠 · 네와	아무것도
소모 · 네 · 얏카	아닌 저이지만
에 · 람 · 쿠예 · 루스이	당신의 업적을
타판 · 페 · 쿠스	기리기 위해
치 · 코 · 텟테레케	여기에 찾아
치 · 코 · 친 · 푸니	온 것입니다
쿠 · 키 · 하웨 · 네나	그리고 저는 말합니다
에 · 에파키타	그 다음으로
타네 · 아낫네	지금은 이미
포로쿠르 · 코 · 모요	노인도 적은
아 · 키 · 와쿠스	까닭에
테에타 · 네노	옛날처럼
아이누 · 푸리	아이누의 장례식은
소모 · 안 · 얏카	치를 수 없지만
잇케웨타	첫번째로
에 · 헤코테 · 카무이	당신의 불의 신이
이예 · 롯 · 이타츠	하는 언어
에 · 코카누 · 와	그 말에 귀를 기울여
헤탓타 · 헤타	자아, 빨리
아 · 오시쿠르 · 롯페	먼저 돌아가신
에 · 코로 · 니시파포	당신의 남편
테무 · 코로 · 카시	품으로
에 · 야시 · 투나시테	서둘러 가십시오

호타시시 · 케우툼	급한 마음
야이 · 코레 · 와	갖고서
밋포 · 아코라	손자가 남아 있다는
세코란 · 야시누	그런 마음은
소모 · 에 · 코로 · 노	깨끗이 잊으시고
에앗투콘노	단 한 마음으로
카무이 · 모시리	신의 나라로
에 · 코 · 아라파 · 쿠니프	당신은
네 · 난코로 · 나	가시옵소서
아 · 누 · 에 · 웬 · 페	당신에게 듣기 괴로운 말을
쇼카 · 이에야라	돌아가신 후에
네 · 아쿠스 · 타푸	들으실 일
케라이 · 캇케마츠	당신은 숙녀이므로
에 · 네 · 아쿠스	그런 일은 없겠지요
네프 · 쿠 · 네와	아무것도
소모 · 네 · 얏카	아닌 저이지만
헤루 · 쿠완노	아주 간단하게
포네 · 옷카시	시신 위에서
치 · 케우에 · 호무스	위로의 말을
치 · 에 · 카라 · 카라 · 나	저는 바치옵니다
쿠 · 코로 · 누페포	나의 부처님이시여
콘카미나	저는 예배드리옵니다

나는 아이누의 옛날 이야기 '우에페케레'를 모은 《우에페케

레 집대성》(알도오 서점)을 저술하고, 그 공적으로 1975년 제23회 키쿠치 히로시〔菊池寛, 1888-1948. 극작가〕상을 받았다. 그때도 아이누어로 수상 인사를 다음과 같이 행했다.

니시파우타라 케마쿠타라 시네이킨네 콘카미나
내빈 여러분에게 한마디 인사 말씀 올립니다.

타판이라무예 이라무예카시 쿠헤코테카무이 카무이에투렌 치아시케아니
이 식장 이 축하연에 신과 함께 초대되어 마음으로부터

라못시와노 쿠야이이코 푼테코로 후치우타라 쿠이리와쿠우타라
기쁘게 생각합니다. 이야기꾼인 할머니들 나의 형제 친구

쿠웬마치히 쿠시오코테 니시파마치야 카무이마치야
그리고 나의 아내도 함께 데리고 왔습니다.

쿠코친푸니 쿠키루웨네 에에파키타 타판이코푼텟타판이라무예
그 다음으로 이 상(賞) 이것은 인간의 사고방식만이 아니라

타파낫네치누카라아이누 코로이라웨 소모네난코로 아이누노미카무이

아이누가 제사 지내는 신들 언어를 만든 신들 전부가 그렇게

이탓카라카무이 카무이 오핏타 에네야이누파히 카무이카라이탓
생각하며 신이 만든 언어 조상이 만든 언어

에카시카라이탓 에오로아폰코 안롯페 라요치신네 우라라신네 우코챤챤케히
적지 않게 있던 것들이 무지개처럼 안개처럼 사라지는 것이

코판쿠스 파시우텟페네 에네이완케와 에카시카라이탓 우오마라파레프네롯쿠니
애석하여 잔심부름꾼으로 나를 부려 조상의 언어를 수집했다고

쿠야이누아와 시사무우타라 카무이투라노 누카라아안히
저는 생각합니다. 그것을 여러분이 신들과 더불어 보고 있으며,

타난토욧타 타판페네노 쿠라무아예시리 쿠피리카투렌페투렌페투라
오늘 이날 이처럼 내가 칭찬받게 된 것은 나로 변신한 신과 더불어

라못시와노 쿠야이라이케프 네루웨타판나

마음으로부터 기쁘게 생각합니다.

타판이라무예 타파낫네 시넨쿠네와 케운케라이페 소모네 난코로

이 상 이 물건은 나 혼자만이 받을 것이 아닙니다.

피리카우에페케레 피리카이소이탓 엔누레아 우나라페우 타라

좋은 옛날 이야기 아름다운 언어를 들려주신 지금은 이미

코에투렌노타네아낫네 카무이네안쿠르 후치우타라 에카 시우타라 투라노케운케라이페

돌아가신 할머니 할아버지 들과 함께 받을 것이

네루웨네난코로 타판우시케타 아시리킨네 우나라페우타 라 쿠코온카프

이 상이라 생각합니다. 이 자리에서 다시 한번 할머니들에게 감사를

네루웬타판나 에에파키타 시나무니시 파우타라 쿠코라무 코로히 에네오카히

드립니다. 그리고 다음으로 여러분에게 바라는 점은

테와노카 아이누이탓 아이누프리쿠르카시케 코스네오마
레 네운포카
앞으로도 아이누의 언어와 아이누의 문화에 빛을 비추어

이탓피리카프 오투사스이시리 오레사스이시리 오오마쿠
니 코산니요파와
어떻게든 두 개의 영원 세 개의 영원함으로 시들지 않도록

엔코레얀 신릿이탓 쿠예아시카이페 소모네코로카 헤루쿠
완노
힘을 보태 주십시오. 조상의 말을 능숙하게 하지 못하지만
아주 간단히

야이라이케이탓 치코로이탓카니 쿠예파에네
사례의 말을 아이누어로 말씀드립니다.

니시파우타라 캇케마쿠타라 시네이킨네 네이타파쿠노 니
사시누쿠니
내빈 여러분들의 건강을 신에게

카무이푼키 안난콘나.
염원하며 인사 말씀 드립니다.

아이누 민족으로서

1975년 봄, 우연한 계기로 생각지도 못했던 비라토리쵸 의회〔平取町議會〕 의원후보로 추천을 받았다. 그때까지 정치와 무관한 사람으로 여겨왔던지라 그 추천을 고사(固辭)했지만, 나를 추천한 사람들의 말은 이러했다.

"당신이 후보자가 되어 주지 않으면 비라토리쵸 의회에 아이누계 의원은 한 사람도 없게 된다. 그래도 좋은가."

이 비라토리쵸 안에서 생활하면서 아이누 문화를 생각하며 아이누의 민예품, 언어를 수집하고 아이누어의 부활을 생각하고 있던 내가, 그런 말로 추궁당할 수는 없었다. 부득이 입후보하게 되었다. 설치된 선거 차에 실려 너비 30센티미터 되는 어깨띠를 오른쪽 어깨에서 왼쪽으로 비스듬히 매고, 비라토리쵸 구석구석 돌아다녔다. 비라토리쵸는 카가와겐〔香川眞〕에 가까운 넓은 마을이다.

개표 결과 2백47표. 많은 분들이 지원해 주어 스물두 명 정원에 여덟번째로 당선되었다.

나를 위해 넓은 비라토리 마을을 선거유세 자동차에 태워 구석구석까지 달려준 분에겐 미안한 일이지만, 선거 운동 도중 지금까지 가본 적도 알지도 못하는 집 앞이나 나무그늘에서, 부서진 마차, 말이 끄는 썰매, 체인(산 위에서 통나무를 끌어내리기 위해 사용하는 쇠사슬), 수많은 옛날 농기구 등으로 내 눈이 먼저 갔다. 선거 운동이 끝날 때까지 시내에 남아 있는 옛날 도구의 위치 지도를 확실하게 내 머릿속에 그려둘 수 있었다.

선거 잔무 정리를 끝내고 가장 먼저 한 일은 머릿속에 그려두었던 옛날 일상 생활 민예품 지도를 따라 물건을 사들인 일이었다. 독특하게 생긴 트럭을 빌려 마차가 있던 집, 말이 끄는 썰매가 있던 집…… 가가호호를 방문하며 물건들을 양도해 달라고 부탁했다. 때로는 창고 안까지 보여주거나 생각지도 못했던 진귀한 물건까지 수집할 수 있었다.

만약 의회에 입후보하지 않았더라면, 내 눈에 띄지 않고, 땅에 버려져 썩어 버렸을지도 모를 귀한 물건을 구입할 수 있었다. 이것은 아이누식 사고방식으로 보면, '신이 내 손으로 할 수 없던 일을 남의 손을 빌려 신께서 생각했던 일을 가야노 시게루라는 아이누인에게 수집하게 한 것'이라 생각한다.

그 일상 생활 민예품은 지금 니부타니 아이누 문화자료관의 북쪽 수장고에 비바람에 깎이지 않고 소중히 보관되어 있다. 수집하는 가운데 자료관을 증축하여 아이누 시대부터 현대까지 농기구의 변천, 옛날 목재 반출 모습 등을 전시하고 싶다는 생각이 들었다.

1977년도 저물어갈 무렵, 오사카의 센리〔千里〕의 만국박람회 자리에 생긴 국립민족학박물관 오오츠카 가즈요시스케〔大塚和義助〕 교수가 니부타니에 찾아왔다. 용무는 민족학박물관에서 만들고 있는 아이누 전시실의 아이누 생활 자료를 만들어 달라는 것이었다. 그때까지 아이누의 생활 용구 제작은 1966년 노보리베츠 온천 케이블 자료실, 1969년 홋카이도대학 문학부의 자료실, 그리고 1971년 니부타니 아이누 문화자료관으로 세 번의 경험이 있었다. 그러나 민족학박물관의 주문만큼 본격적이고 대량인 것은 처음이라 약간 놀랐다.

민족학박물관에서는 그 외에 박물관 안에 옛날부터 행해 오던 그대로의 정식 아이누 가옥도 건립하고 싶다고 했다. 나는 그 제의를 흔쾌히 받아들였다.

그후 전체 견적서를 제출하고 정식 발주를 받은 것은 1978년의 봄이었다. 나는 주문품을 목조를 깎는 젊은이, 가이자와 미츠오, 가이자와 마츠이치 군을 중심으로 부탁을 하고, 아녀자들이 쓰는 물품은 여성들에게 부탁했다. 모두 각자가 제일 자신 있는 물건을 열심히 제작했다.

주문 물품 중에는 1년에 한 번밖에 만들 기회가 없는 것도 있었다. 그것은 앵두나무껍질로 만드는 키라던가, 꽤 큰 나무껍질로 만드는 기기 등이다. 이들 재료의 껍질은 우리 아이누의 가르침에는 6월 18일부터 2,3일 안에 나무에서 벗겨내야 한다. 너무 빠르면 나무의 본체에서 껍질이 벗겨지지 않고, 너무 늦으면 내피와 외피가 따로 놀아 사용할 수 없기 때문이다.

우리들은 '일본국'의 '국립' 박물관의 주문을 받아 모두 열심히 만들었다. 되도록 옛 재료로 예전에 쓰던 도구를 사용하여 만들었다.

덕분에 지금까지 전혀 만든 적 없던 물품도 만드는 방법을 익힐 수 있었다. 가령 에무시앗(칼을 어깨에서 내려뜨릴 때 사용하는 폭넓은 띠 같은 끈)과 타리페(물건을 짊어지는 띠를 이마에 대는 넓은 부분의 천) 짜는 방법 등이다. 짜는 일은 여성들이 했지만, 지금까지 아무도 짜지 못하던 것이다. 옛날 물건들을 풀어가며 짜는 방법을 배웠다.

이러한 기술이 우리들 세대에서 되살아난 것은 기쁜 일이다. 게다가 커다란 박물관 안에 세운 아이누 가옥도 반영구적으로 썩지 않을 것이다. 이러한 것은 오로지 민족학박물관 덕분이라 생각한다. 또 국가 시설 속에 이 정도의 아이누 관계 자료, 생활용구 3백여 종이 오롯이 갖춰진 것은 아이누 문화가 국가로부터 인정받았다는 증거가 아닐까 생각해 본다.

나도 옛날 물건 수집만이 박물관의 일이 아니라 잊혀진 기술의 부활, 진흥도 박물관의 역할이라는 것을 배웠다.

민족학박물관에서 주문한 물품 가운데, 아이누의 여인들이 만든 물건은 대부분 나의 집사람이 만들었다. 18년 전에 와세다 대학에 보관된 아이누 무늬가 들어간 돗자리를 힘겹게 만든 일, 니부타니 아이누 문화자료관에 보관되어 있는 것은 물론, 홋카이도대학 자료실, 오타루 박물관, 토마코마이 자료실, 그 외 많은 도내 관광 시설용에 보관된 여인들의 물품은 모두 집사람이 만들었다.

내 입으로 자랑하기는 쑥스럽지만, 집사람은 한 번 잡은 일은 끝까지 끈기 있게 정성을 다해 만든다. 어림짐작으로 만들지 않는다. 이 끈기는 타고난 것인지, 시집오면서부터 가난한 생활을 견뎌내기 위해 생긴 것인지 나로서는 알 수 없다. 본인은 말하지 않지만, 후세에 남을, 남겨질 아이누 물품을 만드는 일에 마음속으로 긍지를 느끼고 있는 것이 아닐까.

1978년 나는 홋카이도 문화장려상을 수상했다. 수상 소식을 전해듣던 밤, 맥주 한 병을 따서 집사람과 컵을 마주쳤다. 나는 집사람을 향해,

"문화장려상의 절반은 당신 것이오, 축하하오……"라고 말을 꺼냈지만 뒷말을 잇지 못했다.

1951년 나와 결혼한 이후 집사람은 애주가인 시아버지를 필두로 여덟 명의 가난한 가족을 돌보며 농사까지 짓는 힘겨운 나날이었다. 의지할 남편은 결혼식을 올린 지 5일만에 일하러 나갔다가 봄가을 농번기 때만 돌아왔다. 게다가 갖고 온 돈의 일부는 아이누의 민예품을 사들이는 데 쓰기 일쑤였다. 최근에 와서 생활에 어려움은 사라졌지만 가난한 생활과의 투쟁이었다.

나는 아내의 힘겨움을 알고 있었으므로 부부싸움만은 하지 말자고 결심했었다. 어렸을 때 부모님이 싸우는 것이 싫어도 어쩔 수 없었는데, 집사람과의 사이에서 태어난 세 명의 자식을 위해서라도 부부싸움은 하지 말아야지 생각했다. 결혼 생활 약 30년 가까이 되었지만 기억에 남을 만한 부부싸움을 한 적은 없다.

작은 목소리로 말하지만, 내가 지금까지 마음대로 일할 수 있었던 것은 집사람 덕분이었다.

1976년 2월 초청을 받아 제2차 아이누 청년 우호방중단(友好訪中團)의 일원으로 중국에 갔었다. 그때 마중나와 준 중일우호협회(中日友好協會)의 간부가 먼저 꺼낸 말은 다음과 같았다.

"여러분은 아이누국의 아이누 민족으로서가 아니라, 일본국의 일본 국민 속의 소수 민족인 아이누족으로 맞이하는 것입니다. 따라서 아이누국의 아이누 민족인 양 여러분 스스로 오해하지 않기 바랍니다."

나는 그 말에 약간 불만이 없지 않았지만, 간부되는 사람은 계속해서 다음과 같이 덧붙였다.

"아이누국이라 표현하고 인정한다면 일본국에 대한 내정 간섭이 되므로 삼가겠습니다. 그러나 일본 국민 가운데 소수 민족, 아이누족인 여러분을 우리들 중국 인민은 진심으로 환영합니다."

나는 이 말은 어느 정도 납득할 수 있었다.

'민족' 이라는 말을 《廣辭苑》에서 찾아보면 다음과 같이 적혀 있다.

'동일 인종적 · 지역적 기원을 갖거나 또는 갖고 있다고 믿고, 역사적 운명 및 문화적 전통 특히 언어가 같은 기초적인 사회 집단. 인종, 국민의 범위가 반드시 일치하지 않는다.'

이 정의가 세계적으로 인정받은 공식인지 뭔지 모르지만, 적어도 우리들 아이누는 아이누 모시리로 아이누어를 사용한 것은 명백한 사실이며 완벽한 '민족' 이었다.

내가 홋카이도청에 의견을 말할 기회를 얻었을 때, 다음과 같이 제안했다.

"아이누는 아이누 모시리, 즉 '일본인'이 제멋대로 붙인 홋카이도를 '일본국'에 팔 생각도 빌려줄 생각도 없습니다. 그러나 지금 와서 홋카이도에 살고 있는 '일본인'을 '일본 국토'로 돌아가라 한다고 그리 간단히 돌아갈 리 없다는 것도 잘 알고 있습니다. 그런 실현 불가능한 일을 말하는 것이 아닙니다.

나는 지금 이 아이누 모시리에 살고 있는 우리와 '일본인'이 하나되어 이 아이누 모시리의 자연을 지키고 싶습니다. 지금까지 어떤 차별을 받아왔건 선주자인 우리 아이누들의 생활 향상을 위해 과감하게 정책을 실현하고 싶습니다.

집이 불편한 사람에게는 집을 지어 주는 일. 향학열이 불타도 가정 형편으로 진학할 수 없는 학생에게 국비를 지원하는 일. 수가 적은 아이누만으로 구회의원, 도회의원을 선출할 수 없으므로 의원을 선출할 수 있는 법률과 조례를 만드는 일. 아이누어를 부활시키고, 아이누 문화의 소중함을 가르치고자 희망하는 지역에 아이누어 교육을 하는 유치원, 소·중학교, 고등학교, 대학을 설치하는 일. 여기에 필요한 경비는 국가와 도가 지출하는 것. 본래의 땅 주인에게 지금까지 지불하지 않았던 연봉을 지불해야 하는 일……."

소수 민족 문제에 대해 국가는 물론 도나 시정촌(市町村)은 아무런 이해도 못한다고 말하고 싶다. 이웃 중국만 보아도 소수 민족인 조선족이 거주하고 있는 지역의 버스 정류소 표식 등은 공통어인 중국어와 나란히 조선어로 적혀 있다. 중국 국내에 있는 54종족의 소수 민족의 자치구는 모두 그런 식으로 병기되어 있다.

1978년 여름, 알래스카의 보인바로 시에 시장의 초청을 받아 갔었는데, 시의 에스키모 자치구에는 영어를 공통어로 쓰면서 소학교에서는 에스키모어를 가르치고 있었다.

　세세한 것은 말할 수 없지만, 현재 세계적으로 소수 민족 문제가 진지하게 재검토되고 있으며, 그 민족이 갖고 있는 문화와 언어가 사라지지 않도록 노력을 기울이고 있다. 그러한 세계 추세에 일본도 뒤지지 않기를 진심으로 바라고 있다.

　아이누는 자신이 문화와 언어를 잃어버린 것이 아니다. 메이지 이후 근대 일본이 동화정책이라는 미명 아래, 먼저 국토를 빼앗고, 문화를 파괴하고, 언어를 박탈해 버린 것이다. 이 지구상에서 몇만 년, 몇천 년 걸려 생겨난 아이누의 문화, 언어를 불과 1백 년도 채 안 되어 근절시켜 버린 것이다.

　요즈음 국가의 방침인지 도의 방침인지 촌의 방침인지 잘 모르겠지만, 우리 니부타니 소학교를 폐교시키고 비라토리쵸의 소학교로 통합하려는 움직임이 일고 있다. 교육위원회는 설비가 정비된 학교로 만들기로 결정했다고 한다. 교육위원회의 자료에는 비라토리에는 차별이 없다, 어렸을 적부터 함께 책상을 마주함으로써⋯⋯라고 씌어져 있다.

　그러나 아이누 차별이 엄연히 남아 있는 현실 속에서 이 통합은 많은 문제를 안고 있음은 명백한 일이다. 비라토리에서 아이누 차별이 행해지고 있다. 예를 들면 결혼 문제 하나만도 차별을 하고 있다. 내가 알고 있는 한 지금까지 아이누와 샤모가 서로 좋아해도 샤모의 부모는 반드시 반대한다. '자신들의 피에 아이누의 피가 섞이면 조상 뵐 낯이 없다'고 한다. 이렇게 말하

최근의 저자

는 샤모는 예전에 학교에서 아이누인과 함께 책상을 마주 대고
공부한 사람들이었다.

　말만 '차별하지 않는다' 해도, 마음 한구석 아이누를 차별하
고 있는 것이 현실이다. 니부타니 소학교는 통합하지 않는 쪽이
좋다고 생각한다.

　내게는 아직 많은 일이 남겨져 있다. 할머니에게 배운 '우에

페케레'는 일찍이 《우에페케레 집대성》(아루도오 서점)으로 출판되어 키쿠치 히로시상〔菊池寬賞〕을 수상했지만, 이 책에 모은 것은 내가 배운 우에페케레의 5분의 1에 불과하다. 나는 이 일도 계속해야 한다.

내가 20여 년에 걸쳐 수집한 민예품 약 3백 종류의 수천 점은 '니부타니 아이누 문화자료관'을 통하여 세상에 알려졌으며, 다행히 《아이누의 민예품》(스즈자와 서점)이란 책을 엮어 결실을 맺었다.

내가 '세대갱생자금(世帶更生資金)'이라는 돈으로 녹음기를 구입해 녹음하기 시작한 지 만 20년이 되었으나, 그 테이프 녹음시간은 5백 시간이 넘는다. 이 테이프도 어떻게든 정리해야 한다. 나는 녹음을 해주신 한 노인의 말을 잊을 수가 없다.

"가야노 씨, 들어보시게나. 땅을 파면 석기도 나오고 토기도 나오지만, 말, 우리들 조상의 말은 나오지 않는다네. 언어는 땅에 묻을 수가 없어. 나뭇가지에 매달아 놓을 수도 없지. 입에서 입으로 단지 그것뿐이라네. 바라는 것은 젊은이들에게 아이누 말을 가르쳐 주게나……."

문자를 갖지 못했던 아이누 민족의 언어, 아이누어의 재생을 위해 나는 무언가 하지 않으면 안 된다.

1974년에 도쿄의 스기나미 자택과 아타미의 미즈바테이에서 긴다이치 쿄우스케 선생을 도와드렸던 유카라, 가네나리 마츠 씨의 노트를 쿄우스케 선생의 아들 긴다이치 하루히코〔金田一春彦〕 선생이 '니부타니 아이누 문화자료관'에 기부해 주셨다. 기이한 인연에 몸이 뻣뻣해지는 것을 느꼈다. 이 긴다이치 쿄우스케 선생이 남기신 유카라 일본어 번역 작업을 내가 계승하게 되었다. 이 일도 해야 한다.

지금은 서툰 원고이나 내게 많은 할 일이 남아 있다. 누군가 원고를 쓸 사람이 나타나면 쓰기를 그만두고 넓은 땅에 덩그러니 유치원을 세우고 원장이 되고 싶다. 원장은 아이누어만 사용하고 일본어는 전혀 말하지 않는다. 그러면 유아들은 자연스럽게 아이누어를 익히게 될 것이다.

산의 나무꾼일을 그만두고, 조각을 그만두고, 가게도 그만두고, 원고 쓰기도 그만두고, 나는 유치원 선생이 되고 싶다──그것이 나의 꿈. 꿈을 아이누어로 '웬타랍' 이라 하는데, 나의 웬타랍도 꼭 실현하고 싶다. 해보고 싶다고 매일 스스로 암시를 하고 있다.

맺음말

아이누인의 한 사람으로, 아이누의 일상 생활 민예품 보존 계승과 아이누의 언어 재생의 길로 뛰어든 내가 생각지도 못했던 자서전을 쓰게 되었다. 철이 들 무렵부터 아이누어를 모국어로 쓰며 일본어를 외국어로 배우는 이중 언어 생활을 하며 자랐다. 청년이 된 어느 시기, 아이누의 '아' 자조차 듣기 싫었고, 솜씨 하나로 승부를 내고 힘 하나로 일하는 산 속 합숙소에서 삶의 보람을 느끼며 열심히 일하여 소년 시절부터 꿈꿔왔던 목재소의 하청업자까지 되었다. 그리고 한없이 길을 헤매다, 돈벌이는 누구나 할 수 있다고 생각하게 되었고, 어렸을 적부터 품었던 십장〔親方〕의 꿈을 헌신짝처럼 버리고 샤모(일본인)들이 가지고 가는 아이누 민예품 수집에 심혈을 기울이게 되었다. 이젠 아이누어라는 언어의 비석을 짊어지고 아이누 민예품과 함께 마음 속의 여행을 하고 있다.

이따금 아는 사람과 잡담을 나눌 때, "만약 처음 목표대로 계속 하청업자 일을 했다면 지금쯤 커다란 회사의 사장이 되었을지도……"라고 내가 말하면, 상대방은 손을 내저으며, "아니야, 아니야, 당신은 안 돼. 너무 신중해서 돈 빌리기를 싫어하고, 남에게 속임을 당해도 속일 줄도 몰라. 그런 인간이 큰 회사의 사장이 될 수 있겠어"라고 말했다. 어쩌면 그의 말이 맞을지도 모른다.

여하튼 무슨 일이 있어도 쓰지 못할 얼굴 붉힐 만한 부끄러운 이야기, 지금까지 한 번도 말한 적이 없는 슬픈 추억까지 써 내려갔다. 그렇게 부끄럽다면 쓰지 않으면 된다, 그렇게 슬프다면 잊어버리면 된다고 생각했지만, 결국 나의 내력, 나의 조부모, 부모, 그리고 죽은 형제의 삶의 진실을 썼다. 만들어 낸 이야기가 아니라, 슬픈 추억에 대해 쓸 때는 펜을 들기만 해도 눈물이 흘러내린 적도 있다.

이 글을 읽는 분들은 어떻게 느끼고, 어떻게 생각할지 모른다. 너무 많이 쓰면 자화자찬이 되고, 쓰지 않으면 우리들의 진실을 모르게 된다. 그런 생각으로 고민하면서 써달라는 부탁을 받은 지 5년의 세월이 흘러갔다. 다른 책은 척척 출판되는데, 이 책만은 자꾸자꾸 뒤로 밀려났다. 그래도 이 책은 문자를 갖지 못했던 아이누 민족의 한 사내가 일본어로 쓴 '아이누 민족의 비석'이라 할 수 있다.

또 '가난'이라든가 '궁핍'이라는 말로 표현할 수 없는 어린 시절의 밑바닥 생활까지 드러내야 했으므로, 내 삶을 쓴 것이라기보다 부끄러운 과거를 쓴 것이라 생각한다.

나의 벌거벗은 모습을 남에게 드러낸 이 작은 책에 아이누 민족이 짊어지고 온 고난의 길, 그리고 앞으로 이어질 수많은 고통의 길이 있다는 것을 알아 준다면 기쁘기 그지없을 것이다.

1980년 2월 눈 내린 니부타니에서 가야노 시게루〔萱野 茂〕

문고판에 붙여서

아사히 문고 편집부에서 전화로 《아이누의 비석》을 문고본으로 내고 싶다는 말에 물론 다른 의견은 없었다.

하지만 '문고본의 진정한 의미는?' 하는 걱정이 생겨 서둘러 사전을 펼쳐보니 '유명한 작품의 보급을 목적으로 소형의 저렴한 가격으로……' 라고 나와 있다. 서툰 문장을 그런 형태로 재출발을 원한다니 너무도 고마운 일이다.

책을 읽어 주신 많은 분들이 "이 책은 밤새워 읽었다. 읽기 시작하면 멈출 수가 없었다"고 말해 주었다.

어쩌면 인사치레로 한 말일지도 모르지만, 처음부터 다시 읽어보니 창작이 아닌 만큼 슬픈 내용으로 가면 슬픔이 새로워져 더 읽어나갈 수 없었다. 그러나 10년 전은 꿈이었던 일이 차츰 세상에 알려지게 되면서, 가령 니부타니 소학교는 통합되지 않고 재작년 새로 교사를 개축하여 낙성식을 가졌다.

아이누 문화자료관 증축의 꿈은 현실이 되어 1991년 가을 완성을 앞둔 현재 자료관의 6배 크기, 3백 평 건물에 10월 6일 지신(地神)에게 고사를 지냈다. 아이누어는 홋카이도 도내 여섯 곳, 니부타니〔二風谷〕, 아사히카와〔旭川〕, 우라카와〔浦河〕, 구시로〔釧路〕, 시라오이〔白老〕, 삿포로〔札幌〕에 아이누어 교실이 개설되었고, 월 2회 적지만 해당 지역에 사는 사람들이 공부하러 다니고 있다.

가네나리[金成] 마츠 씨의 유카라 노트는 홋카이도 교육위원회의 조성으로 1년에 한 권, 금년 열두 권째 인쇄되었는데 유감스럽게도 시판되지 않았다.

나의 근황에 대해 말하면, STV 라디오에서 아이누어 강좌 '이란카랍테'를 매주 일요일 오전 6시 5분부터 15분간, 4년째 행하고 있다. 〈홋카이도 신문〉 석간 매주 금요일에 '카무이유카라를 읽다'를 연재하고 있다. 또 아이누어 사전 편찬을 도요타 재단의 원조로 4년 전부터 시작하여 1990년말 원고를 완성, 1991년에 출판, 출판사는 삼성당(三省堂)으로 결정되었다.

사전에 실린 아이누어는 1만어 전후, 예문을 가급적 많이 붙여, 이 사전에 아이누어를 쓰며 자란 자의 장점을 최대한 발휘하였다.

니부타니 마을——눈앞의 사루 강에 홋카이도 개발국이 댐을 구축중인데, 용지 내에 가이자와 다다시[貝澤正]와 가야노 시게루의 땅이 있고, 매수에 응하지 않은 두 사람의 땅은 강제매수되어 지금 이의신청 중이다.

내가 내놓은 조건은 단 한 가지, "유사 이전부터 아이누가 갖고 있던 연어를 잡을 권리를 아이누에게 반환해 달라"는 작은 바람뿐이다.

죄인이 된 아버지를 생각하면 집념을 불태울 수밖에 없는 것이 연어 문제이다. 세계에서 각국의 선주 민족의 권리가 발빠르게 회복되고 있는 가운데, 일본 정부는 세세한 곳까지 주의가

미치지 않는 것인지, 능력이 미치지 않은 탓인지 아이누 민족의 요구에 귀기울여 주지 않는다.

작은 책이지만 전력을 다해 달려온 이 책으로 아이누 민족의 과거와 현재의 단면을 알게 된다면 무한한 기쁨이 될 것이다.

1990년 10월 가야노 시게루〔萱野 茂〕

저자 약력

가야노 시게루(萱野 茂, 1926년 6월 15일-2006년 5월 6일)

1926년   홋카이도 사루군 니부타니[北海道 沙流郡 二風谷] 코탄(마을) 출생.
          비라토리쵸[平取町] 참의원 의원 역임.
          소학교 졸업 후 나무꾼 등의 일을 하면서 아이누 생활 민예품 수집.
1972년   6월 23일 '니부타니 아이누 문화자료관' 개관.
1975년   아이누의 민화를 정리한 '우에페케레 집대성'(아르도오 서점)으로 키쿠치 히로시[菊池寬]상,
1978년   홋카이도[北海道] 문화장려상,
1989년   요시카와 에이지[吉川英治] 문화상,
1997년   야마모토 유우조[山本有三] 기념 · 향토문화상, 일본 지명 연구소 · 풍토 연구상 수상.

주요 저서
《나의 니부타니 おれの二風谷》(스즈자와 書店)
《아이누의 민구 アイヌの民具》(스즈자와 書店)
《바람의 신과 오키쿠르미 風の神とオキクルミ》(小峰書店)
《한 알의 삿치포로 ひとつぶのサッチポロ》(平凡社)
《가야노 시게루의 아이누어 사전 萱野茂のアイヌ語辭典》(三省堂)
등 다수

심우성(沈雨晟)
민속학자, 1인극배우, 한국민속극연구소 소장,
민예총 지도위원, 문화재청 문화재 감정위원
저서: 《한국의 민속극》《마당굿연희본》《남사당패연구》
《전통문화와 민중의식》《민속문화론서설》《우리나라 민속놀이》
《우리나라 탈》《우리나라 인형》《한국전통예술개론》《줄타기》
《무형문화재총람》(공저)
역서: 《조선공예개관》《조선무속의 연구》《조선을 생각한다》
《조선의 소반 · 조선도자명고》《아시아 무용의 인류학》
《무예도보통지실기해제》《조선사회경제사》
日書: 《韓國の 人形芝居「コクトゥカクシノルム」》
《民俗文化と民衆》

현대신서
200

아이누 민족의 비석

초판발행 : 2007년 4월 2일

東文選
제10-64호, 78. 12. 16 등록
110-300 서울 종로구 관훈동 74번지
전화 : 737-2795

편집설계 : 李姃旻

ISBN 978-89-8038-600-0 04830

【東文選 現代新書】

1 21세기를 위한 새로운 엘리트　　　FORESEEN 연구소 / 김경현　　　7,000원
2 의지, 의무, 자유 ─ 주제별 논술　　　L. 밀러 / 이대희　　　6,000원
3 사유의 패배　　　A. 핑켈크로트 / 주태환　　　7,000원
4 문학이론　　　J. 컬러 / 이은경·임옥희　　　7,000원
5 불교란 무엇인가　　　D. 키언 / 고길환　　　6,000원
6 유대교란 무엇인가　　　N. 솔로몬 / 최창모　　　6,000원
7 20세기 프랑스철학　　　E. 매슈 / 김종갑　　　10,000원
8 강의에 대한 강의　　　P. 부르디외 / 현택수　　　6,000원
9 텔레비전에 대하여　　　P. 부르디외 / 현택수　　　10,000원
10 고고학이란 무엇인가　　　P. 반 / 박범수　　　8,000원
11 우리는 무엇을 아는가　　　T. 나겔 / 오영미　　　5,000원
12 에쁘롱 ─ 니체의 문체들　　　J. 데리다 / 김다은　　　7,000원
13 히스테리 사례분석　　　S. 프로이트 / 태혜숙　　　7,000원
14 사랑의 지혜　　　A. 핑켈크로트 / 권유현　　　6,000원
15 일반미학　　　R. 카이유와 / 이경자　　　6,000원
16 본다는 것의 의미　　　J. 버거 / 박범수　　　10,000원
17 일본영화사　　　M. 테시에 / 최은미　　　7,000원
18 청소년을 위한 철학교실　　　A. 자카르 / 장혜영　　　7,000원
19 미술사학 입문　　　M. 포인턴 / 박범수　　　8,000원
20 클래식　　　M. 비어드·J. 헨더슨 / 박범수　　　6,000원
21 정치란 무엇인가　　　K. 미노그 / 이정철　　　6,000원
22 이미지의 폭력　　　O. 몽젱 / 이은민　　　8,000원
23 청소년을 위한 경제학교실　　　J. C. 드루엥 / 조은미　　　6,000원
24 순진함의 유혹 〔메디시스賞 수상작〕　　　P. 브뤼크네르 / 김웅권　　　9,000원
25 청소년을 위한 이야기 경제학　　　A. 푸르상 / 이은민　　　8,000원
26 부르디외 사회학 입문　　　P. 보네위츠 / 문경자　　　7,000원
27 돈은 하늘에서 떨어지지 않는다　　　K. 아른트 / 유영미　　　6,000원
28 상상력의 세계사　　　R. 보이아 / 김웅권　　　9,000원
29 지식을 교환하는 새로운 기술　　　A. 벵토릴라 外 / 김혜경　　　6,000원
30 니체 읽기　　　R. 비어즈워스 / 김웅권　　　6,000원
31 노동, 교환, 기술 ─ 주제별 논술　　　B. 데코사 / 신은영　　　6,000원
32 미국만들기　　　R. 로티 / 임옥희　　　10,000원
33 연극의 이해　　　A. 쿠프리 / 장혜영　　　8,000원
34 라틴문학의 이해　　　J. 가야르 / 김교신　　　8,000원
35 여성적 가치의 선택　　　FORESEEN연구소 / 문신원　　　7,000원
36 동양과 서양 사이　　　L. 이리가라이 / 이은민　　　7,000원
37 영화와 문학　　　R. 리처드슨 / 이형식　　　8,000원
38 분류하기의 유혹 ─ 생각하기와 조직하기　　　G. 비뇨 / 임기대　　　7,000원
39 사실주의 문학의 이해　　　G. 라루 / 조성애　　　8,000원
40 윤리학 ─ 악에 대한 의식에 관하여　　　A. 바디우 / 이종영　　　7,000원
41 흙과 재 〔소설〕　　　A. 라히미 / 김주경　　　6,000원

42	진보의 미래	D. 르쿠르 / 김영선	6,000원
43	중세에 살기	J. 르 고프 外 / 최애리	8,000원
44	쾌락의 횡포·상	J. C. 기유보 / 김웅권	10,000원
45	쾌락의 횡포·하	J. C. 기유보 / 김웅권	10,000원
46	운디네와 지식의 불	B. 데스파냐 / 김웅권	8,000원
47	이성의 한가운데에서 — 이성과 신앙 A. 퀴노 / 최은영		6,000원
48	도덕적 명령	FORESEEN 연구소 / 우강택	6,000원
49	망각의 형태	M. 오제 / 김수경	6,000원
50	느리게 산다는 것의 의미·1	P. 쌍소 / 김주경	7,000원
51	나만의 자유를 찾아서	C. 토마스 / 문신원	6,000원
52	음악의 예지를 찾아서	M. 존스 / 송인영	10,000원
53	나의 철학 유언	J. 기통 / 권유현	8,000원
54	타르튀프 / 서민귀족 〔희곡〕	몰리에르 / 덕성여대극예술비교연구회	8,000원
55	판타지 공장	A. 플라워즈 / 박범수	10,000원
56	홍수·상 〔완역판〕	J. M. G. 르 클레지오 / 신미경	8,000원
57	홍수·하 〔완역판〕	J. M. G. 르 클레지오 / 신미경	8,000원
58	일신교 — 성경과 철학자들	E. 오르티그 / 전광호	6,000원
59	프랑스 시의 이해	A. 바이양 / 김다은·이혜지	8,000원
60	종교철학	J. P. 힉 / 김희수	10,000원
61	고요함의 폭력	V. 포레스테 / 박은영	8,000원
62	고대 그리스의 시민	C. 모세 / 김덕희	7,000원
63	미학개론 — 예술철학입문	A. 셰퍼드 / 유호전	10,000원
64	논증 — 담화에서 사고까지	G. 비뇨 / 임기대	6,000원
65	역사 — 성찰된 시간	F. 도스 / 김미겸	7,000원
66	비교문학개요	F. 클로동·K. 아다-보트링 / 김정란	8,000원
67	남성지배	P. 부르디외 / 김용숙	개정판 10,000원
68	호모사피언스에서 인터렉티브인간으로 FORESEEN 연구소 / 공나리		8,000원
69	상투어 — 언어·담론·사회	R. 아모시·A. H. 피에로 / 조성애	9,000원
70	우주론이란 무엇인가	P. 코올즈 / 송형석	8,000원
71	푸코 읽기	P. 빌루에 / 나길래	8,000원
72	문학논술	J. 파프·D. 로쉬 / 권종분	8,000원
73	한국전통예술개론	沈雨晟	10,000원
74	시학 — 문학 형식 일반론 입문	D. 퐁텐 / 이용주	8,000원
75	진리의 길	A. 보다르 / 김승철·최정아	9,000원
76	동물성 — 인간의 위상에 관하여	D. 르스텔 / 김승철	6,000원
77	랑가쥬 이론 서설	L. 옐름슬레우 / 김용숙·김혜련	10,000원
78	잔혹성의 미학	F. 토넬리 / 박형섭	9,000원
79	문학 텍스트의 정신분석	M. J. 벨맹-노엘 / 심재중·최애영	9,000원
80	무관심의 절정	J. 보드리야르 / 이은민	8,000원
81	영원한 황홀	P. 브뤼크네르 / 김웅권	9,000원
82	노동의 종말에 반하여	D. 슈나페르 / 김교신	6,000원
83	프랑스영화사	J. -P. 장콜라 / 김혜련	8,000원

84 조와(弔蛙)	金教臣 / 노치준·민혜숙	8,000원
85 역사적 관점에서 본 시네마	J. -L. 뢰트라 / 곽노경	8,000원
86 욕망에 대하여	M. 슈벨 / 서민원	8,000원
87 산다는 것의 의미·1—여분의 행복	P. 쌍소 / 김주경	7,000원
88 철학 연습	M. 아롱델-로오 / 최은영	8,000원
89 삶의 기쁨들	D. 노게 / 이은민	6,000원
90 이탈리아영화사	L. 스키파노 / 이주현	8,000원
91 한국문화론	趙興胤	10,000원
92 현대연극미학	M. -A. 샤르보니에 / 홍지화	8,000원
93 느리게 산다는 것의 의미·2	P. 쌍소 / 김주경	7,000원
94 진정한 모럴은 모럴을 비웃는다	A. 에슈고엔 / 김웅권	8,000원
95 한국종교문화론	趙興胤	10,000원
96 근원적 열정	L. 이리가라이 / 박정오	9,000원
97 라캉, 주체 개념의 형성	B. 오질비 / 김 석	9,000원
98 미국식 사회 모델	J. 바이스 / 김종명	7,000원
99 소쉬르와 언어과학	P. 가데 / 김용숙·임정혜	10,000원
100 철학적 기본 개념	R. 페르버 / 조국현	8,000원
101 맞불	P. 부르디외 / 현택수	10,000원
102 글렌 굴드, 피아노 솔로	M. 슈나이더 / 이창실	7,000원
103 문학비평에서의 실험	C. S. 루이스 / 허 종	8,000원
104 코뿔소 [희곡]	E. 이오네스코 / 박형섭	8,000원
105 지각—감각에 관하여	R. 바르바라 / 공정아	7,000원
106 철학이란 무엇인가	E. 크레이그 / 최생열	8,000원
107 경제, 거대한 사탄인가?	P. -N. 지로 / 김교신	7,000원
108 딸에게 들려 주는 작은 철학	R. 시몬 셰퍼 / 안상원	7,000원
109 도덕에 관한 에세이	C. 로슈·J. -J. 바레르 / 고수현	6,000원
110 프랑스 고전비극	B. 클레망 / 송민숙	8,000원
111 고전수사학	G. 위딩 / 박성철	10,000원
112 유토피아	T. 파코 / 조성애	7,000원
113 쥐비알	A. 자르댕 / 김남주	7,000원
114 증오의 모호한 대상	J. 아순 / 김승철	8,000원
115 개인—주체철학에 대한 고찰	A. 르노 / 장정아	7,000원
116 이슬람이란 무엇인가	M. 루스벤 / 최생열	8,000원
117 테러리즘의 정신	J. 보드리야르 / 배영달	8,000원
118 역사란 무엇인가	존 H. 아널드 / 최생열	8,000원
119 느리게 산다는 것의 의미·3	P. 쌍소 / 김주경	7,000원
120 문학과 정치 사상	P. 페티티에 / 이종민	8,000원
121 가장 아름다운 하나님 이야기	A. 보테르 外 / 주태환	8,000원
122 시민 교육	P. 카니베즈 / 박주원	9,000원
123 스페인영화사	J.- C. 스갱 / 정동섭	8,000원
124 인터넷상에서—행동하는 지성	H. L. 드레퓌스 / 정혜욱	9,000원
125 내 몸의 신비—세상에서 가장 큰 기적	A. 지오르당 / 이규식	7,000원

126 세 가지 생태학	F. 가타리 / 윤수종	8,000원
127 모리스 블랑쇼에 대하여	E. 레비나스 / 박규현	9,000원
128 위뷔 왕 〔희곡〕	A. 자리 / 박형섭	8,000원
129 번영의 비참	P. 브뤼크네르 / 이창실	8,000원
130 무사도란 무엇인가	新渡戶稻造 / 沈雨晟	7,000원
131 꿈과 공포의 미로 〔소설〕	A. 라히미 / 김주경	8,000원
132 문학은 무슨 소용이 있는가?	D. 살나브 / 김교신	7,000원
133 종교에 대하여—행동하는 지성	존 D. 카푸토 / 최생열	9,000원
134 노동사회학	M. 스트루방 / 박주원	8,000원
135 맞불 · 2	P. 부르디외 / 김교신	10,000원
136 믿음에 대하여—행동하는 지성	S. 지제크 / 최생열	9,000원
137 법, 정의, 국가	A. 기그 / 민혜숙	8,000원
138 인식, 상상력, 예술	E. 아카마츄 / 최돈호	근간
139 위기의 대학	ARESER / 김교신	10,000원
140 카오스모제	F. 가타리 / 윤수종	10,000원
141 코란이란 무엇인가	M. 쿡 / 이강훈	9,000원
142 신학이란 무엇인가	D. 포드 / 강혜원 · 노치준	9,000원
143 누보 로망, 누보 시네마	C. 뮈르시아 / 이창실	8,000원
144 지능이란 무엇인가	I. J. 디어리 / 송형석	10,000원
145 죽음—유한성에 관하여	F. 다스튀르 / 나길래	8,000원
146 철학에 입문하기	Y. 카탱 / 박선주	8,000원
147 지옥의 힘	J. 보드리야르 / 배영달	8,000원
148 철학 기초 강의	F. 로피 / 공나리	8,000원
149 시네마토그래프에 대한 단상	R. 브레송 / 오일환 · 김경온	9,000원
150 성서란 무엇인가	J. 리치스 / 최생열	10,000원
151 프랑스 문학사회학	신미경	8,000원
152 잡사와 문학	F. 에브라르 / 최정아	10,000원
153 세계의 폭력	J. 보드리야르 · E. 모랭 / 배영달	9,000원
154 잠수복과 나비	J. -D. 보비 / 양영란	6,000원
155 고전 할리우드 영화	J. 나카시 / 최은영	10,000원
156 마지막 말, 마지막 미소	B. 드 카스텔바자크 / 김승철 · 장정아	근간
157 몸의 시학	J. 피죠 / 김선미	10,000원
158 철학의 기원에 관하여	C. 콜로베르 / 김정란	8,000원
159 지혜에 대한 숙고	J. -M. 베스니에르 / 곽노경	8,000원
160 자연주의 미학과 시학	조성애	10,000원
161 소설 분석—현대적 방법론과 기법	B. 발레트 / 조성애	10,000원
162 사회학이란 무엇인가	S. 브루스 / 김경안	10,000원
163 인도철학입문	S. 헤밀턴 / 고길환	10,000원
164 심리학이란 무엇인가	G. 버틀러 · F. 맥마누스 / 이재현	10,000원
165 발자크 비평	J. 글레즈 / 이정민	10,000원
166 결별을 위하여	G. 마츠네프 / 권은희 · 최은희	10,000원
167 인류학이란 무엇인가	J. 모나한 · P. 저스트 / 김경안	10,000원

168 세계화의 불안	Z. 라이디 / 김종명	8,000원
169 음악이란 무엇인가	N. 쿡 / 장호연	10,000원
170 사랑과 우연의 장난 〔희곡〕	마리보 / 박형섭	10,000원
171 사진의 이해	G. 보레 / 박은영	10,000원
172 현대인의 사랑과 성	현택수	9,000원
173 성해방은 진행중인가?	M. 이아퀴브 / 권은희	10,000원
174 교육은 자기 교육이다	H. -G. 가다머 / 손승남	10,000원
175 밤 끝으로의 여행	L. -F. 쎌린느 / 이형식	19,000원
176 프랑스 지성인들의 '12월'	J. 뒤발 外 / 김영모	10,000원
177 환대에 대하여	J. 데리다 / 남수인	13,000원
178 언어철학	J. P. 레스베베르 / 이경래	10,000원
179 푸코와 광기	F. 그로 / 김웅권	10,000원
180 사물들과 철학하기	R. -P. 드루아 / 박선주	10,000원
181 청소년이 알아야 할 사회경제학자들	J. -C. 드루앵 / 김종명	8,000원
182 서양의 유혹	A. 말로 / 김웅권	10,000원
183 중세의 예술과 사회	G. 뒤비 / 김웅권	10,000원
184 새로운 충견들	S. 알리미 / 김영모	10,000원
185 초현실주의	G. 세바 / 최정아	10,000원
186 프로이트 읽기	P. 랜드맨 / 민혜숙	10,000원
187 예술 작품 — 작품 존재론 시론	M. 아르 / 공정아	10,000원
188 평화 — 국가의 이성과 지혜	M. 카스티요 / 장정아	10,000원
189 히로시마 내 사랑	M. 뒤라스 / 이용주	10,000원
190 연극 텍스트의 분석	M. 프뤼네르 / 김덕희	10,000원
191 청소년을 위한 철학길잡이	A. 콩트-스퐁빌 / 공정아	10,000원
192 행복 — 기쁨에 관한 소고	R. 미스라이 / 김영선	10,000원
193 조사와 방법론 — 면접법	A. 블랑셰 · A. 고트만 / 최정아	10,000원
194 하늘에 관하여 — 잃어버린 공간, 되찾은 시간	M. 카세 / 박선주	10,000원
195 청소년이 알아야 할 세계화	J. -P. 폴레 / 김종명	9,000원
196 약물이란 무엇인가	L. 아이버슨 / 김정숙	10,000원
197 폭력 — '폭력적 인간'에 대하여	R. 다둔 / 최윤주	10,000원
198 암호	J. 보드리야르 / 배영달	10,000원
199 느리게 산다는 것의 의미 · 4	P. 쌍소 / 김선미 · 한상철	7,000원
200 아이누 민족의 비석	萱野 茂 / 심우성	10,000원
300 아이들에게 설명하는 이혼	P. 루카스 · S. 르로이 / 이은민	8,000원
301 아이들에게 들려주는 인도주의	J. 마무 / 이은민	근간
302 아이들에게 설명하는 죽음	E. 위스망 페랭 / 김미정	8,000원
303 아이들에게 들려주는 선사시대 이야기	J. 클로드 / 김교신	8,000원
304 아이들에게 들려주는 이슬람 이야기	T. 벤 젤룬 / 김교신	8,000원
305 아이들에게 설명하는 테러리즘	M. -C. 그로 / 우강택	8,000원
306 아이들에게 들려주는 철학 이야기	R. -P 드루아 / 이창실	8,000원

【東文選 文藝新書】

1 저주받은 詩人들	A. 뻬이르 / 최수철·김종호	개정근간
2 민속문화론서설	沈雨晟	40,000원
3 인형극의 기술	A. 훼도토프 / 沈雨晟	8,000원
4 전위연극론	J. 로스 에반스 / 沈雨晟	12,000원
5 남사당패연구	沈雨晟	19,000원
6 현대영미희곡선(전4권)	N. 코워드 外 / 李辰洙	절판
7 행위예술	L. 골드버그 / 沈雨晟	절판
8 문예미학	蔡 儀 / 姜慶鎬	절판
9 神의 起源	何 新 / 洪 熹	16,000원
10 중국예술정신	徐復觀 / 權德周 外	24,000원
11 中國古代書史	錢存訓 / 金允子	14,000원
12 이미지 — 시각과 미디어	J. 버거 / 편집부	15,000원
13 연극의 역사	P. 하트놀 / 沈雨晟	절판
14 詩 論	朱光潛 / 鄭相泓	22,000원
15 탄트라	A. 무케르지 / 金龜山	16,000원
16 조선민족무용기본	최승희	15,000원
17 몽고문화사	D. 마이달 / 金龜山	8,000원
18 신화 미술 제사	張光直 / 李 徹	절판
19 아시아 무용의 인류학	宮尾慈良 / 沈雨晟	20,000원
20 아시아 민족음악순례	藤井知昭 / 沈雨晟	5,000원
21 華夏美學	李澤厚 / 權 瑚	20,000원
22 道	張立文 / 權 瑚	18,000원
23 朝鮮의 占卜과 豫言	村山智順 / 金禧慶	28,000원
24 원시미술	L. 아담 / 金仁煥	16,000원
25 朝鮮民俗誌	秋葉隆 / 沈雨晟	12,000원
26 타자로서 자기 자신	P. 리쾨르 / 김웅권	29,000원
27 原始佛教	中村元 / 鄭泰爀	8,000원
28 朝鮮女俗考	李能和 / 金尙憶	24,000원
29 朝鮮解語花史(조선기생사)	李能和 / 李在崑	25,000원
30 조선창극사	鄭魯湜	17,000원
31 동양회화미학	崔炳植	18,000원
32 性과 결혼의 민족학	和田正平 / 沈雨晟	9,000원
33 農漁俗談辭典	宋在璇	12,000원
34 朝鮮의 鬼神	村山智順 / 金禧慶	12,000원
35 道教와 中國文化	葛兆光 / 沈揆昊	15,000원
36 禪宗과 中國文化	葛兆光 / 鄭相泓·任炳權	8,000원
37 오페라의 역사	L. 오레이 / 류연희	절판
38 인도종교미술	A. 무케르지 / 崔炳植	14,000원
39 힌두교의 그림언어	안넬리제 外 / 全在星	9,000원
40 중국고대사회	許進雄 / 洪 熹	30,000원
41 중국문화개론	李宗桂 / 李宰碩	23,000원

42 龍鳳文化源流	王大有 / 林東錫	25,000원
43 甲骨學通論	王宇信 / 李宰碩	40,000원
44 朝鮮巫俗考	李能和 / 李在崑	20,000원
45 미술과 페미니즘	N. 부루드 外 / 扈承喜	9,000원
46 아프리카미술	P. 윌레뜨 / 崔炳植	절판
47 美의 歷程	李澤厚 / 尹壽榮	28,000원
48 曼茶羅의 神들	立川武藏 / 金龜山	19,000원
49 朝鮮歲時記	洪錫謨 外/李錫浩	30,000원
50 하 상	蘇曉康 外 / 洪 熹	절판
51 武藝圖譜通志 實技解題	正 祖 / 沈雨晟·金光錫	15,000원
52 古文字學첫걸음	李學勤 / 河永三	14,000원
53 體育美學	胡小明 / 閔永淑	18,000원
54 아시아 美術의 再發見	崔炳植	9,000원
55 曆과 占의 科學	永田久 / 沈雨晟	8,000원
56 中國小學史	胡奇光 / 李宰碩	20,000원
57 中國甲骨學史	吳浩坤 外 / 梁東淑	35,000원
58 꿈의 철학	劉文英 / 河永三	22,000원
59 女神들의 인도	立川武藏 / 金龜山	19,000원
60 性의 역사	J. L. 플랑드렝 / 편집부	18,000원
61 쉬르섹슈얼리티	W. 챠드윅 / 편집부	10,000원
62 여성속담사전	宋在璇	18,000원
63 박재서희곡선	朴栽緖	10,000원
64 東北民族源流	孫進己 / 林東錫	13,000원
65 朝鮮巫俗의 研究(상·하)	赤松智城·秋葉隆 / 沈雨晟	28,000원
66 中國文學 속의 孤獨感	斯波六郎 / 尹壽榮	8,000원
67 한국사회주의 연극운동사	李康烈	8,000원
68 스포츠인류학	K. 블랑챠드 外 / 박기동 外	12,000원
69 리조복식도감	리팔찬	20,000원
70 娼 婦	A. 꼬르벵 / 李宗旼	22,000원
71 조선민요연구	高晶玉	30,000원
72 楚文化史	張正明 / 南宗鎭	26,000원
73 시간, 욕망, 그리고 공포	A. 코르뱅 / 변기찬	18,000원
74 本國劍	金光錫	40,000원
75 노트와 반노트	E. 이오네스코 / 박형섭	20,000원
76 朝鮮美術史研究	尹喜淳	7,000원
77 拳法要訣	金光錫	30,000원
78 艸衣選集	艸衣意恂 / 林鍾旭	20,000원
79 漢語音韻學講義	董少文 / 林東錫	10,000원
80 이오네스코 연극미학	C. 위베르 / 박형섭	9,000원
81 중국문자훈고학사전	全廣鎭 편역	23,000원
82 상말속담사전	宋在璇	10,000원
83 書法論叢	沈尹默 / 郭魯鳳	16,000원

84	침실의 문화사	P. 디비 / 편집부	9,000원
85	禮의 精神	柳 肅 / 洪 熹	20,000원
86	조선공예개관	沈雨晟 편역	30,000원
87	性愛의 社會史	J. 솔레 / 李宗旼	18,000원
88	러시아미술사	A. I 조토프 / 이건수	22,000원
89	中國書藝論文選	郭魯鳳 選譯	25,000원
90	朝鮮美術史	關野貞 / 沈雨晟	30,000원
91	美術版 탄트라	P. 로슨 / 편집부	8,000원
92	군달리니	A. 무케르지 / 편집부	9,000원
93	카마수트라	바짜야나 / 鄭泰爀	18,000원
94	중국언어학총론	J. 노먼 / 全廣鎭	28,000원
95	運氣學說	任應秋 / 李宰碩	15,000원
96	동물속담사전	宋在璇	20,000원
97	자본주의의 아비투스	P. 부르디외 / 최종철	10,000원
98	宗教學入門	F. 막스 뮐러 / 金龜山	10,000원
99	변 화	P. 바츨라빅크 外 / 박인철	10,000원
100	우리나라 민속놀이	沈雨晟	15,000원
101	歌訣(중국역대명언경구집)	李宰碩 편역	20,000원
102	아니마와 아니무스	A. 융 / 박해순	8,000원
103	나, 너, 우리	L. 이리가라이 / 박정오	12,000원
104	베케트연극론	M. 푸크레 / 박형섭	8,000원
105	포르노그래피	A. 드워킨 / 유혜련	12,000원
106	셸 링	M. 하이데거 / 최상욱	12,000원
107	프랑수아 비용	宋 勉	18,000원
108	중국서예 80제	郭魯鳳 편역	16,000원
109	性과 미디어	W. B. 키 / 박해순	12,000원
110	中國正史朝鮮列國傳(전2권)	金聲九 편역	120,000원
111	질병의 기원	T. 매큐언 / 서 일·박종연	12,000원
112	과학과 젠더	E. F. 켈러 / 민경숙·이현주	10,000원
113	물질문명·경제·자본주의	F. 브로델 / 이문숙 外	절판
114	이탈리아인 태고의 지혜	G. 비코 / 李源斗	8,000원
115	中國武俠史	陳 山 / 姜鳳求	18,000원
116	공포의 권력	J. 크리스테바 / 서민원	23,000원
117	주색잡기속담사전	宋在璇	15,000원
118	죽음 앞에 선 인간(상·하)	P. 아리에스 / 劉仙子	각권 15,000원
119	철학에 대하여	L. 알튀세르 / 서관모·백승욱	12,000원
120	다른 곳	J. 데리다 / 김다은·이혜지	10,000원
121	문학비평방법론	D. 베르제 外 / 민혜숙	12,000원
122	자기의 테크놀로지	M. 푸코 / 이희원	16,000원
123	새로운 학문	G. 비코 / 李源斗	22,000원
124	천재와 광기	P. 브르노 / 김웅권	13,000원
125	중국은사문화	馬 華·陳正宏 / 강경범·천현경	12,000원

126 푸코와 페미니즘	C. 라마자노글루 外 / 최 영 外	16,000원
127 역사주의	P. 해밀턴 / 임옥희	12,000원
128 中國書藝美學	宋 民 / 郭魯鳳	16,000원
129 죽음의 역사	P. 아리에스 / 이종민	18,000원
130 돈속담사전	宋在璇 편	15,000원
131 동양극장과 연극인들	김영무	15,000원
132 生育神과 性巫術	宋兆麟 / 洪 熹	20,000원
133 미학의 핵심	M. M. 이턴 / 유호전	20,000원
134 전사와 농민	J. 뒤비 / 최생열	18,000원
135 여성의 상태	N. 에니크 / 서민원	22,000원
136 중세의 지식인들	J. 르 고프 / 최애리	18,000원
137 구조주의의 역사(전4권)	F. 도스 / 김웅권 外 I·Ⅱ·Ⅳ 15,000원 / Ⅲ	18,000원
138 글쓰기의 문제해결전략	L. 플라워 / 원진숙·황정현	20,000원
139 음식속담사전	宋在璇 편	16,000원
140 고전수필개론	權 瑚	16,000원
141 예술의 규칙	P. 부르디외 / 하태환	23,000원
142 "사회를 보호해야 한다"	M. 푸코 / 박정자	20,000원
143 페미니즘사전	L. 터틀 / 호승희·유혜련	26,000원
144 여성심벌사전	B. G. 워커 / 정소영	근간
145 모데르니테 모데르니테	H. 메쇼닉 / 김다은	20,000원
146 눈물의 역사	A. 벵상뷔포 / 이자경	18,000원
147 모더니티입문	H. 르페브르 / 이종민	24,000원
148 재생산	P. 부르디외 / 이상호	23,000원
149 종교철학의 핵심	W. J. 웨인라이트 / 김희수	18,000원
150 기호와 몽상	A. 시몽 / 박형섭	22,000원
151 융분석비평사전	A. 새뮤얼 外 / 민혜숙	16,000원
152 운보 김기창 예술론연구	최병식	14,000원
153 시적 언어의 혁명	J. 크리스테바 / 김인환	20,000원
154 예술의 위기	Y. 미쇼 / 하태환	15,000원
155 프랑스사회사	G. 뒤프 / 박 단	16,000원
156 중국문예심리학사	劉偉林 / 沈揆昊	30,000원
157 무지카 프라티카	M. 캐넌 / 김혜중	25,000원
158 불교산책	鄭泰爀	20,000원
159 인간과 죽음	E. 모랭 / 김명숙	23,000원
160 地中海	F. 브로델 / 李宗旼	근간
161 漢語文字學史	黃德實·陳秉新 / 河永三	24,000원
162 글쓰기와 차이	J. 데리다 / 남수인	28,000원
163 朝鮮神事誌	李能和 / 李在崑	근간
164 영국제국주의	S. C. 스미스 / 이태숙·김종원	16,000원
165 영화서술학	A. 고드로·F. 조스트 / 송지연	17,000원
166 美學辭典	사사키 겐이치 / 민주식	22,000원
167 하나이지 않은 성	L. 이리가라이 / 이은민	18,000원

168	中國歷代書論	郭魯鳳 譯註	25,000원
169	요가수트라	鄭泰爀	15,000원
170	비정상인들	M. 푸코 / 박정자	25,000원
171	미친 진실	J. 크리스테바 外 / 서민원	25,000원
172	玉樞經 研究	具重會	19,000원
173	세계의 비참(전3권)	P. 부르디외 外 / 김주경	각권 26,000원
174	수묵의 사상과 역사	崔炳植	근간
175	파스칼적 명상	P. 부르디외 / 김웅권	22,000원
176	지방의 계몽주의	D. 로슈 / 주명철	30,000원
177	이혼의 역사	R. 필립스 / 박범수	25,000원
178	사랑의 단상	R. 바르트 / 김희영	20,000원
179	中國書藝理論體系	熊秉明 / 郭魯鳳	23,000원
180	미술시장과 경영	崔炳植	16,000원
181	카프카 — 소수적인 문학을 위하여	G. 들뢰즈·F. 가타리 / 이진경	18,000원
182	이미지의 힘 — 영상과 섹슈얼리티	A. 쿤 / 이형식	13,000원
183	공간의 시학	G. 바슐라르 / 곽광수	23,000원
184	랑데부 — 이미지와의 만남	J. 버거 / 임옥희·이은경	18,000원
185	푸코와 문학 — 글쓰기의 계보학을 향하여	S. 듀링 / 오경심·홍유미	26,000원
186	각색, 연극에서 영화로	A. 엘보 / 이선형	16,000원
187	폭력과 여성들	C. 도펭 外 / 이은민	18,000원
188	하드 바디 — 할리우드 영화에 나타난 남성성	S. 제퍼드 / 이형식	18,000원
189	영화의 환상성	J. -L. 뢰트라 / 김경온·오일환	18,000원
190	번역과 제국	D. 로빈슨 / 정혜욱	16,000원
191	그라마톨로지에 대하여	J. 데리다 / 김웅권	35,000원
192	보건 유토피아	R. 브로만 外 / 서민원	20,000원
193	현대의 신화	R. 바르트 / 이화여대기호학연구소	20,000원
194	회화백문백답	湯兆基 / 郭魯鳳	20,000원
195	고서화감정개론	徐邦達 / 郭魯鳳	30,000원
196	상상의 박물관	A. 말로 / 김웅권	26,000원
197	부빈의 일요일	J. 뒤비 / 최생열	22,000원
198	아인슈타인의 최대 실수	D. 골드스미스 / 박범수	16,000원
199	유인원, 사이보그, 그리고 여자	D. 해러웨이 / 민경숙	25,000원
200	공동생활 속의 개인주의	F. 드 생글리 / 최은영	20,000원
201	기식자	M. 세르 / 김웅권	24,000원
202	연극미학 — 플라톤에서 브레히트까지의 텍스트들	J. 셰레 外 / 홍지화	24,000원
203	철학자들의 신	W. 바이셰델 / 최상욱	34,000원
204	고대 세계의 정치	모제스 I. 핀레이 / 최생열	16,000원
205	프란츠 카프카의 고독	M. 로베르 / 이창실	18,000원
206	문화 학습 — 실천적 입문서	J. 자일스·T. 미들턴 / 장성희	24,000원
207	호모 아카데미쿠스	P. 부르디외 / 임기대	29,000원
208	朝鮮槍棒教程	金光錫	40,000원
209	자유의 순간	P. M. 코렌 / 최하영	16,000원

210 밀교의 세계	鄭泰爀	16,000원
211 토탈 스크린	J. 보드리야르 / 배영달	19,000원
212 영화와 문학의 서술학	F. 바누아 / 송지연	22,000원
213 텍스트의 즐거움	R. 바르트 / 김희영	15,000원
214 영화의 직업들	B. 라트롱슈 / 김경온 · 오일환	16,000원
215 소설과 신화	이용주	15,000원
216 문화와 계급 — 부르디외와 한국 사회	홍성민 外	18,000원
217 작은 사건들	R. 바르트 / 김주경	14,000원
218 연극분석입문	J. -P. 링가르 / 박형섭	18,000원
219 푸코	G. 들뢰즈 / 허 경	17,000원
220 우리나라 도자기와 가마터	宋在璇	30,000원
221 보이는 것과 보이지 않는 것	M. 퐁티 / 남수인 · 최의영	30,000원
222 메두사의 웃음/출구	H. 식수 / 박혜영	19,000원
223 담화 속의 논증	R. 아모시 / 장인봉	20,000원
224 포켓의 형태	J. 버거 / 이영주	16,000원
225 이미지심벌사전	A. 드 브리스 / 이원두	근간
226 이데올로기	D. 호크스 / 고길환	16,000원
227 영화의 이론	B. 발라즈 / 이형식	20,000원
228 건축과 철학	J. 보드리야르 · J. 누벨 / 배영달	16,000원
229 폴 리쾨르 — 삶의 의미들	F. 도스 / 이봉지 外	38,000원
230 서양철학사	A. 케니 / 이영주	29,000원
231 근대성과 육체의 정치학	D. 르 브르통 / 홍성민	20,000원
232 허난설헌	金成南	16,000원
233 인터넷 철학	G. 그레이엄 / 이영주	15,000원
234 사회학의 문제들	P. 부르디외 / 신미경	23,000원
235 의학적 추론	A. 시쿠렐 / 서민원	20,000원
236 튜링 — 인공지능 창시자	J. 라세구 / 임기대	16,000원
237 이성의 역사	F. 샤틀레 / 심세광	16,000원
238 朝鮮演劇史	金在喆	22,000원
239 미학이란 무엇인가	M. 지프네즈 / 김웅권	23,000원
240 古文字類編	高 明	40,000원
241 부르디외 사회학 이론	L. 핀토 / 김용숙 · 김은희	20,000원
242 문학은 무슨 생각을 하는가?	P. 마슈레 / 서민원	23,000원
243 행복해지기 위해 무엇을 배워야 하는가?	A. 우지오 外 / 김교신	18,000원
244 영화와 회화: 탈배치	P. 보니체 / 홍지화	18,000원
245 영화 학습 — 실천적 지표들	F. 바누아 外 / 문신원	16,000원
246 회화 학습 — 실천적 지표들	F. 기블레 / 고수현	근간
247 영화미학	J. 오몽 外 / 이용주	24,000원
248 시 — 형식과 기능	J. L. 주베르 / 김경온	근간
249 우리나라 옹기	宋在璇	40,000원
250 검은 태양	J. 크리스테바 / 김인환	27,000원
251 어떻게 더불어 살 것인가	R. 바르트 / 김웅권	28,000원

252 일반 교양 강좌	E. 코바 / 송대영	23,000원
253 나무의 철학	R. 뒤마 / 송형석	29,000원
254 영화에 대하여 — 에이리언과 영화철학	S. 멀할 / 이영주	18,000원
255 문학에 대하여 — 행동하는 지성	H. 밀러 / 최은주	16,000원
256 미학 연습 — 플라톤에서 에코까지	임우영 外 편역	18,000원
257 조희룡 평전	김영회 外	18,000원
258 역사철학	F. 도스 / 최생열	23,000원
259 철학자들의 동물원	A. L. 브라 쇼파르 / 문신원	22,000원
260 시각의 의미	J. 버거 / 이용은	24,000원
261 들뢰즈	A. 괄란디 / 임기대	13,000원
262 문학과 문화 읽기	김종갑	16,000원
263 과학에 대하여 — 행동하는 지성	B. 리들리 / 이영주	18,000원
264 장 지오노와 서술 이론	송지연	18,000원
265 영화의 목소리	M. 시옹 / 박선주	20,000원
266 사회보장의 발명	J. 동즐로 / 주형일	17,000원
267 이미지와 기호	M. 졸리 / 이선형	22,000원
268 위기의 식물	J. M. 펠트 / 이충건	18,000원
269 중국 소수민족의 원시종교	洪 熹	18,000원
270 영화감독들의 영화 이론	J. 오몽 / 곽동준	22,000원
271 중첩	J. 들뢰즈 · C. 베네 / 허희정	18,000원
272 대담 — 디디에 에리봉과의 자전적 인터뷰	J. 뒤메질 / 송대영	18,000원
273 중립	R. 바르트 / 김웅권	30,000원
274 알퐁스 도데의 문학과 프로방스 문화	이종민	16,000원
275 우리말 釋迦如來行蹟頌	高麗 無寄 / 金月雲	18,000원
276 金剛經講話	金月雲 講述	18,000원
277 자유와 결정론	O. 브르니피에 外 / 최은영	16,000원
278 도리스 레싱: 20세기 여성의 초상	민경숙	24,000원
279 기독교윤리학의 이론과 방법론	김희수	24,000원
280 과학에서 생각하는 주제 100가지	I 스탕저 外 / 김웅권	21,000원
281 말로와 소설의 상징시학	김웅권	22,000원
282 키에르케고르	C. 르 블랑 / 이창실	14,000원
283 시나리오 쓰기의 이론과 실제	A. 로슈 外 / 이용주	25,000원
284 조선사회경제사	白南雲 / 沈雨晟	30,000원
285 이성과 감각	O. 브르니피에 外 / 이은민	16,000원
286 행복의 단상	C. 앙드레 / 김교신	20,000원
287 삶의 의미 — 행동하는 지성	J. 코팅햄 / 강혜원	16,000원
288 안티고네의 주장	J. 버틀러 / 조현순	14,000원
289 예술 영화 읽기	이선형	19,000원
290 달리는 꿈, 자동차의 역사	P. 치글러 / 조국현	17,000원
291 매스커뮤니케이션과 사회	현택수	17,000원
292 교육론	J. 피아제 / 이병애	22,000원
293 연극 입문	히라타 오리자 / 고정은	13,000원

294 역사는 계속된다	G. 뒤비 / 백인호 · 최생열	16,000원
295 에로티시즘을 위한 즐기기 위한 100가지 기본 용어	J. -C. 마르탱 / 김웅권	19,000원
296 대화의 기술	A. 밀롱 / 공정아	17,000원
297 실천 이성	P. 부르디외 / 김웅권	19,000원
298 세미오티케	J. 크리스테바 / 서민원	28,000원
299 앙드레 말로의 문학 세계	김웅권	22,000원
300 20세기 독일철학	W. 슈나이더스 / 박중목	18,000원
301 횔덜린의 송가 〈이스터〉	M. 하이데거 / 최상욱	20,000원
302 아이러니와 모더니티 담론	E. 벨러 / 이강훈 · 신주철	16,000원
303 부알로의 시학	곽동준 편역 및 주석	20,000원
304 음악 녹음의 역사	M. 채넌 / 박기호	23,000원
305 시학 입문	G. 데송 / 조재룡	26,000원
306 정신에 대해서 — 하이데거와 물음	J. 데리다 / 박찬국	20,000원
307 디알로그	G. 들뢰즈 · C. 파르네 / 허희정 · 전승화	20,000원
308 철학적 분과 학문	A. 피퍼 / 조국현	25,000원
309 영화와 시장	L. 크레통 / 홍지화	22,000원
310 진정성에 대하여	C. 귀논 / 강혜원	18,000원
311 언어학 이해를 위한 주제 100선	G. 시우피 · D. 반람돈크 / 이선경 · 황원미	22,000원
312 영화를 생각하다	S. 리앙드라 기그 · J. -L. 뢰트라 / 김영모	20,000원
313 길모퉁이에서의 모험	P. 브뤼크네르 · A. 팽키엘크로 / 이창실	12,000원
314 목소리의 結晶	R. 바르트 / 김웅권	24,000원
315 중세의 기사들	E. 부라생 / 임호경	20,000원
316 武德 — 武의 문화, 武의 정신	辛成大	13,000원
317 욕망의 땅	W. 리치 / 이은경 · 임옥희	23,000원
318 들뢰즈와 음악, 회화, 그리고 일반 예술	R. 보그 / 사공일	20,000원
319 S/Z	R. 바르트 / 김웅권	24,000원
320 시나리오 모델, 모델 시나리오	F. 바누아 / 유민희	24,000원
321 도미니크 이야기 — 아동 정신분석 치료의 실제	F. 돌토 / 김승철	18,000원
322 빠딴잘리의 요가쑤뜨라	S. S. 싸치다난다 / 김순금	18,000원
323 이마주 — 영화 · 사진 · 회화	J. 오몽 / 오정민	25,000원
324 들뢰즈와 문학	R. 보그 / 김승숙	20,000원
325 요가학개론	鄭泰爀	15,000원
326 밝은 방 — 사진에 관한 노트	R. 바르트 / 김웅권	15,000원
327 中國房內秘籍	朴淸正 편역	35,000원
328 武藝圖譜通志註解	朴淸正 주해	30,000원
329 들뢰즈와 시네마	R. 보그 / 정형철	20,000원
330 현대 프랑스 연극의 이론과 실제	이선형	20,000원
331 스리마드 바가바드 기타	스리 브야사 / 박지명	24,000원
332 宋詩槪說	吉川幸次郎 / 호승희	18,000원
333 주체의 해석학	M. 푸코 / 심세광	29,000원
334 문학의 위상	J. 베시에르 / 주현진	20,000원
335 광고의 이해와 실제	현택수 · 홍장선	20,000원

1001 베토벤: 전원교향곡	D. W. 존스 / 김지순	15,000원
1002 모차르트: 하이든 현악 4중주곡	J. 어빙 / 김지순	14,000원
1003 베토벤: 에로이카 교향곡	T. 시프 / 김지순	18,000원
1004 모차르트: 주피터 교향곡	E. 시스먼 / 김지순	18,000원
1005 바흐: 브란덴부르크 협주곡	M. 보이드 / 김지순	18,000원
1006 바흐: B단조 미사	J. 버트 / 김지순	18,000원
1007 하이든: 현악4중주곡 Op.50	W. 딘 주트클리페 / 김지순	18,000원
1008 헨델: 메시아	D. 버로우 / 김지순	18,000원
1009 비발디: 〈사계〉와 Op.8	P. 에버렛 / 김지순	18,000원
2001 우리 아이들에게 어떤 지표를 주어야 할까?	J. L. 오베르 / 이창실	16,000원
2002 상처받은 아이들	N. 파브르 / 김주경	16,000원
2003 엄마 아빠, 꿈꿀 시간을 주세요!	E. 부젱 / 박주원	16,000원
2004 부모가 알아야 할 유치원의 모든 것들	N. 뒤 소수아 / 전재민	18,000원
2005 부모들이여, '안 돼' 라고 말하라!	P. 들라로슈 / 김주경	19,000원
2006 엄마 아빠, 전 못하겠어요!	E. 리공 / 이창실	18,000원
2007 사랑, 아이, 일 사이에서	A. 가트셀 · C. 르누치 / 김교신	19,000원
2008 요람에서 학교까지	J.-L. 오베르 / 전재민	19,000원
2009 머리는 좋은데, 노력을 안 해요	J.-L. 오베르 / 박선주	17,000원
3001 〈새〉	C. 파글리아 / 이형식	13,000원
3002 〈시민 케인〉	L. 멀비 / 이형식	13,000원
3101 〈제7의 봉인〉 비평 연구	E. 그랑조르주 / 이은민	17,000원
3102 〈쥘과 짐〉 비평 연구	C. 르 베르 / 이은민	18,000원
3103 〈시민 케인〉 비평 연구	J. 루아 / 이용주	15,000원
3104 〈센소〉 비평 연구	M. 라니 / 이수원	18,000원
3105 〈경멸〉 비평 연구	M. 마리 / 이용주	18,000원

【기 타】

▨ 모드의 체계	R. 바르트 / 이화여대기호학연구소	18,000원
▨ 라신에 관하여	R. 바르트 / 남수인	10,000원
▨ 說 苑 (上·下)	林東錫 譯註	각권 30,000원
▨ 晏子春秋	林東錫 譯註	30,000원
▨ 西京雜記	林東錫 譯註	20,000원
▨ 搜神記 (上·下)	林東錫 譯註	각권 30,000원
■ 경제적 공포[메디치賞 수상작]	V. 포레스테 / 김주경	7,000원
■ 古陶文字徵	高 明 · 葛英會	20,000원
■ 그리하여 어느날 사랑이여	이외수 편	4,000원
■ 너무한 당신, 노무현	현택수 칼럼집	9,000원
■ 노력을 대신하는 것은 없다	R. 쉬이 / 유혜련	5,000원
■ 노블레스 오블리주	현택수 사회비평집	7,500원
■ 딸에게 들려 주는 작은 지혜	N. 레흐레이트너 / 양영란	6,500원
■ 떠나고 싶은 나라―사회문화비평집	현택수	9,000원
■ 미래를 원한다	J. D. 로스네 / 문 선 · 김덕희	8,500원

■ 바람의 자식들―정치시사칼럼집	현택수	8,000원
■ 사랑의 존재	한용운	3,000원
■ 산이 높으면 마땅히 우러러볼 일이다	유 향 / 임동석	5,000원
■ 서기 1000년과 서기 2000년 그 두려움의 흔적들	J. 뒤비 / 양영란	8,000원
■ 서비스는 유행을 타지 않는다	B. 바게트 / 정소영	5,000원
■ 선종이야기	홍 회 편저	8,000원
■ 섬으로 흐르는 역사	김영회	10,000원
■ 세계사상	창간호~3호: 각권 10,000원 / 4호: 14,000원	
■ 손가락 하나의 사랑 1, 2, 3	D. 글로슈 / 서민원	각권 7,500원
■ 십이속상도안집	편집부	8,000원
■ 얀 이야기 ① 얀과 카와카마스	마치다 준 / 김은진 · 한인숙	8,000원
■ 어린이 수묵화의 첫걸음(전6권)	趙 陽 / 편집부	각권 5,000원
■ 오늘 다 못다한 말은	이외수 편	7,000원
■ 오블라디 오블라다, 인생은 브래지어 위를 흐른다	무라카미 하루키 / 김난주	7,000원
■ 이젠 다시 유혹하지 않으련다	P. 쌍소 / 서민원	9,000원
■ 인생은 앞유리를 통해서 보라	B. 바게트 / 박해순	5,000원
■ 자기를 다스리는 지혜	한인숙 편저	10,000원
■ 천연기념물이 된 바보	최병식	7,800원
■ 原本 武藝圖譜通志	正祖 命撰	60,000원
■ 테오의 여행 (전5권)	C. 클레망 / 양영란	각권 6,000원
■ 한글 설원 (상 · 중 · 하)	임동석 옮김	각권 7,000원
■ 한글 안자춘추	임동석 옮김	8,000원
■ 한글 수신기 (상 · 하)	임동석 옮김	각권 8,000원

【만 화】

■ 동물학	C. 세르	14,000원
■ 블랙 유머와 흰 가운의 의료인들	C. 세르	14,000원
■ 비스 콩프리	C. 세르	14,000원
■ 세르(평전)	Y. 프레미옹 / 서민원	16,000원
■ 자가 수리공	C. 세르	14,000원
▨ 못말리는 제임스	M. 토나 / 이영주	12,000원
▨ 레드와 로버	B. 바세트 / 이영주	12,000원
▨ 나탈리의 별난 세계 여행	S. 살마 / 서민원	각권 10,000원

【동문선 주네스】

■ 고독하지 않은 홀로되기	P. 들레름 · M. 들레름 / 박정오	8,000원
■ 이젠 나도 느껴요!	이사벨 주니오 그림	14,000원
■ 이젠 나도 알아요!	도로테 드 몽프리드 그림	16,000원

【조병화 작품집】

■ 공존의 이유	제11시집	5,000원
■ 그리운 사람이 있다는 것은	제45시집	5,000원

■ 길	애송시모음집	10,000원
■ 개구리의 명상	제40시집	3,000원
■ 그리움	애송시화집	7,000원
■ 꿈	고희기념자선시집	10,000원
■ 넘을 수 없는 세월	제53시집	10,000원
■ 따뜻한 슬픔	제49시집	5,000원
■ 버리고 싶은 유산	제 1시집	3,000원
■ 사랑의 노숙	애송시집	4,000원
■ 사랑의 여백	애송시화집	5,000원
■ 사랑이 가기 전에	제 5시집	4,000원
■ 남은 세월의 이삭	제 52시집	6,000원
■ 시와 그림	애장본시화집	30,000원
■ 아내의 방	제44시집	4,000원
■ 잠 잃은 밤에	제39시집	3,400원
■ 패각의 침실	제 3시집	3,000원
■ 하루만의 위안	제 2시집	3,000원

【이외수 작품집】

■ 겨울나기	창작소설	7,000원
■ 그대에게 던지는 사랑의 그물	에세이	8,000원
■ 그리움도 화석이 된다	시화집	6,000원
■ 꿈꾸는 식물	장편소설	7,000원
■ 내 잠 속에 비 내리는데	에세이	7,000원
■ 들 개	장편소설	7,000원
■ 말더듬이의 겨울수첩	에스프리모음집	7,000원
■ 벽오금학도	장편소설	7,000원
■ 장수하늘소	창작소설	7,000원
■ 칼	장편소설	7,000원
■ 풀꽃 술잔 나비	서정시집	6,000원
■ 황금비늘 (1 · 2)	장편소설	각권 7,000원